I0823517

El templete de Nasse-House

Biblioteca Agatha Christie

Biografía

Agatha Christie es conocida en todo el mundo como la Dama del Crimen. Es la autora más publicada de todos los tiempos, tan solo superada por la Biblia y Shakespeare. Sus libros han vendido más de un billón de copias en inglés y otro billón largo en otros idiomas. Escribió un total de ochenta novelas de misterio y colecciones de relatos breves, diecinueve obras de teatro y seis novelas escritas con el pseudónimo de Mary Westmacott. Probó suerte con la pluma mientras trabajaba en un hospital durante la Primera Guerra Mundial, y debutó con *El misterioso caso de Styles* en 1920, cuyo protagonista es el legendario detective Hércules Poirot, que luego aparecería en treinta y tres libros más. Alcanzó la fama con *El asesinato de Roger Ackroyd* en 1926, y creó a la ingeniosa Miss Marple en *Muerte en la vicaría*, publicado por primera vez en 1930.

Se casó dos veces, una con Archibald Christie, de quien adoptó el apellido con el que es conocida mundialmente como la genial escritora de novelas y cuentos policiales y detectivescos, y luego con el arqueólogo Max Mallowan, al que acompañó en varias expediciones a lugares exóticos del mundo que luego usó como escenarios en sus novelas. En 1961 fue nombrada miembro de la Real Sociedad de Literatura y en 1971 recibió el título de Dama de la Orden del Imperio Británico, un título nobiliario que en aquellos días se concedía con poca frecuencia. Murió en 1976 a la edad de ochenta y cinco años.

Sus misterios encantan a lectores de todas las edades, pues son lo suficientemente simples como para que los más jóvenes los entiendan y disfruten pero a la vez muestran una complejidad que las mentes adultas no consiguen descifrar hasta el final.

www.agathachristie.com

Agatha Christie

El templete de Nasse-House

Traducción: Stella de Cal

Obra editada en colaboración con Editorial Planeta – España

Diseño de la portada: Planeta Arte & Diseño
Ilustraciones de la portada: © Ed

Agatha Christie

Composición: Realización Planeta

Bajo el sello editorial BOOKET M.R.
Avenida Presidente Masarik núm. 111,
Piso 2, Polanco V Sección, Miguel Hidalgo
C.P. 11560, Ciudad de México
www.planetadelibros.com.mx

Primera edición impresa en España: julio de 2025
ISBN: 978-84-670-7808-4

Primera edición impresa en México en Booket: septiembre de 2025
ISBN: 978-607-39-3446-6

Impreso en los talleres de Litográfica Ingramex, S.A. de C.V.
Centeno núm. 162-1, colonia Granjas Esmeralda, Ciudad de México
Impreso en México – *Printed in Mexico*

Para Peggy y Humphrey Trevelyan

Personajes

Relación de los principales personajes que intervienen en esta obra:

Sir George Stubbs: Dueño de la finca Nasse-House, rico y listo para los negocios, pero de carácter vulgar.

Hattie Stubbs: Joven y bellísima esposa de sir George.

Amanda Brewis: Secretaria y ama de llaves de sir George.

Amy Folliat: Anciana, antigua dueña de Nasse-House que ahora vive en lo que fue la caseta del guarda.

Alec y Sally Legge: Matrimonio joven que habita en una casa vecina a Nasse-House.

Michael Weyman: Arquitecto joven y guapo.

Masterton: Diputado por el distrito en el que tiene lugar este relato.

Connie Masterton: Esposa del diputado y excelente maestra de ceremonias.

Jim Warburton: Capitán que se ocupa de la seguridad de los Masterton.

Ariadne Oliver: Notable autora de novelas policiacas.

Hércules Poirot: Famoso detective belga.

MERDELL: Viejo barquero, abuelo de Marlene.
MARLENE TUCKER: Joven nieta de Merdell.
ÉTIENNE DE SOUSA: Acaudalado joven, primo lejano de Hattie.
HENDEN: Mayordomo de los Stubbs.
BLAND: Inspector de policía.
ROBERT HOSKINS: Agente de la policía local.
BALDWIN: Superintendente de policía de Helmmouth.
FRANK COTTRELL: Sargento de policía.

Capítulo primero

I

La señorita Lemon, eficiente secretaria de Poirot, atendió la llamada telefónica. Dejó a un lado su cuaderno de taquigrafía, levantó el auricular y dijo con voz desanimada:

—Trafalgar, 8137.

Hércules Poirot se recostó en su butaca vertical y cerró los ojos. Con expresión meditabunda, comenzó a golpear suavemente con los dedos el borde de la mesa. En su cabeza siguió dando forma a los pulidos párrafos de la carta que estaba dictando.

Tras poner la mano sobre el auricular del teléfono, la señorita Lemon preguntó en voz baja:

—¿Quiere usted responder? Conferencia de Nassecombe, Devon.

Poirot frunció el ceño. El lugar no significaba nada para él.

—¿Quién llama? —dijo con cautela.

La señorita Lemon preguntó:

—¿Cómo dice? ¡Ah, sí! Por favor, ¿me repite el apellido?

Se volvió de nuevo hacia Hércules Poirot.

—La señorita Ariadne Oliver.

Poirot alzó las cejas. Un recuerdo acudió a su memoria: unos cabellos grises y alborotados..., un perfil aguileño...

Se levantó y sustituyó a la señorita Lemon al teléfono.

—Hércules Poirot al habla —anunció en tono grandilocuente.

—¿Es el señor Hércules Poirot... en persona? —preguntó la voz suspicaz de la telefonista.

Poirot le aseguró que así era, en efecto.

—Le paso con el señor Poirot —dijo ella.

La voz atiplada se vio sustituida por una magnífica de contralto, que obligó a Poirot a separar el oído del teléfono.

—Monsieur Poirot, ¿de verdad es usted? —preguntó la señora Oliver.

—El mismo, madame.

—Soy la señora Oliver. No sé si usted me recordará...

—Por supuesto que la recuerdo, madame. ¿Quién podría olvidarla?

—Bueno, algunas personas me olvidan —respondió la señora Oliver—. Ocurre con bastante frecuencia. No creo que tenga una personalidad muy definida. O puede que sea porque siempre estoy cambiando de peinado. Pero todo esto no tiene nada que ver con el motivo por el que le llamo. Supongo que estará muy ocupado y que le estoy molestando.

—No, no, no me molesta, en absoluto.

—Dios mío, no quiero volverle loco..., el caso es que le necesito.

—¿Me necesita?

—Sí, enseguida. ¿Puede usted coger un avión?

—Jamás viajo en avión. Me mareo.

—Yo también me mareo. De todos modos, no creo que fuera más rápido que el tren, porque me parece que el único aeropuerto cerca de aquí es el de Exeter, que está a bastantes kilómetros. Así que venga en tren. A las doce sale uno de Paddington para Nassecombe... Le da tiempo. Tiene usted tres cuartos de hora, si mi reloj anda bien..., aunque no suele funcionar como es debido.

—Pero ¿dónde está usted, madame? ¿A qué viene todo esto?

—Nasse-House, Nassecombe. En la estación de Nassecombe le estará esperando un coche o un taxi.

—Pero ¿por qué me necesita? ¿A qué viene todo esto? —repitió Poirot, frenético.

—Los teléfonos están en unos sitios tan inconvenientes... —dijo la señora Oliver—. Este se halla en el vestíbulo... La gente pasa y habla... No puedo oírle bien. Pero le espero. Sería estupendo para todos nosotros. Adiós.

Cuando la señora Oliver colgó el teléfono se oyó el característico golpe seco. Por la línea llegaba un suave zumbido.

Con expresión confusa, Poirot colgó a su vez, murmurando algo entre dientes. La señorita Lemon seguía sentada, con el lápiz en alto, sin mostrar la menor curiosidad. Repitió con voz monótona la última frase que Poirot le había dictado antes de la interrupción.

—... permítame que le asegure, estimado monsieur, que la hipótesis que usted ha formulado...

Poirot desechó con un gesto la idea de seguir con la carta.

—Era madame Oliver —dijo—. Ariadne Oliver, la escritora de novelas policiacas. Puede que haya leído usted...

Pero se detuvo, recordando que la señorita Lemon solo leía libros instructivos y que despreciaba semejantes futilidades.

—Quiere que vaya a Devonshire hoy, enseguida, dentro de... —echó una mirada al reloj de pared— treinta y cinco minutos.

La señorita Lemon levantó las cejas con desaprobación.

—Muy justo de tiempo —replicó—. ¿Por qué razón?

—¡Eso quisiera saber yo! No me lo ha dicho.

—¡Qué extraño! ¿Por qué no?

—Porque —contestó Hércules Poirot, pensativo— tenía miedo de que la oyeran. Sí, lo dejó bien claro.

—¡Realmente —dijo la señorita Lemon, saltando en defensa de su jefe—, la gente le pide a uno cada cosa! ¡Qué idea, salir corriendo para un asunto tan disparatado como ese! ¡Un hombre importante como usted! Siempre he opinado que estos artistas y escritores están un poco desequilibrados... No tienen ningún tipo de sentido común. ¿Pongo un telegrama diciendo: «Lamentándolo, imposible dejar Londres»?

Extendió la mano hacia el teléfono, pero la voz de Poirot interrumpió el gesto.

—*Du tout!* —dijo—. Al contrario. Tenga la bondad de llamar un taxi inmediatamente.

Alzó la voz.

—¡Georges! Pon en la maleta pequeña unas cuantas cosas indispensables. Pero date prisa, mucha prisa: tengo que coger un tren.

II

El tren, después de recorrer a toda velocidad doscientos noventa kilómetros de los trescientos cuarenta de viaje, jadeó con suavidad, como disculpándose, a lo largo de los kilómetros restantes. Finalmente, entró en la estación de Nassecombe. Solo se bajó una persona: Hércules Poirot. Salvó con cuidado la distancia entre el peldaño del tren y el andén, y miró a su alrededor. Al final del convoy, el hombre que se encargaba de las maletas se afanaba dentro de un departamento de mercancías. Poirot cogió su equipaje y se dirigió a lo largo del andén hacia la salida. Entregó su billete y salió junto a la taquilla.

En el exterior le esperaba un gran coche sedán; un chófer de uniforme caminó hacia él.

—¿El señor Hércules Poirot? —preguntó respetuosamente.

Cogió la maleta de Poirot y abrió la puerta del coche. Salieron de la estación sobre el puente del ferrocarril, dando la vuelta y adentrándose en una pequeña y serpenteante carretera bordeada de altos setos a ambos lados. Poco después, el terreno descendía a la derecha, dejando ver una hermosa panorámica sobre el río, y al fondo, unas colinas. El chófer se acercó al seto y detuvo el automóvil.

—El río Helm, señor —dijo—. Al fondo se ve Dartmoor.

Estaba claro que debía admirarse. Poirot lanzó las exclamaciones de rigor, murmurando «*magnifique*» varias veces. A decir verdad, la naturaleza le atraía muy poco. Una huerta de hortalizas, bien cultivada y ordenada, era mucho más probable que despertara la admiración del detective. Dos chicas que iban a pie adelantaron al coche esforzándose poco a poco colina arriba. Llevaban sendas mochilas e iban vestidas con pantaloncitos cortos y unos pañuelos de vivos colores a la cabeza.

—Aquí al lado tenemos un albergue juvenil, señor —explicó el chófer, quien, evidentemente, había decidido que sería el guía de Poirot en la región de Devon—. Se llama Hoodown Park. Antes pertenecía al señor Fletcher. La Asociación de Albergues Juveniles lo compró y en verano se llena de gente. Unas cien personas cada noche. No se les permite quedarse más que un par de días..., luego tienen que marcharse. La mayoría son extranjeros. Hay chicos y chicas.

Poirot asintió con expresión distraída. Estaba pensando, y no por primera vez, que, vistos por detrás, los pantalones cortos favorecían a muy pocas mujeres. Cerró los ojos. ¿Por qué, Señor, por qué los jóvenes se vestirán de esa manera? ¡Esos muslos enrojecidos no resultaban nada atractivos!

—Parece que van muy cargadas —murmuró.

—Sí, señor. Y hay una buena tirada desde la estación a la parada del autobús. Son casi tres kilómetros hasta Hoodown Park. —Titubeó un momento—. Si no tiene usted inconveniente, señor, podríamos llevarlas...

—Naturalmente, naturalmente —respondió Poirot con benevolencia.

Ahí estaba él, en un coche de lujo casi vacío, y allí aquellas dos jóvenes jadeantes y sudorosas, cargadas con pesadas mochilas. El chófer puso el coche en marcha y se detuvo con un ronroneo junto a las dos muchachas. Las dos caras, arreboladas y sudorosas, se alzaron esperanzadas.

Poirot abrió la puerta y las dos chicas subieron.

—Gracias, es usted muy amable —dijo una de ellas, una chica rubia con acento extranjero—. Queda más lejos de lo que creía.

La otra chica, con el rostro quemado del sol y muy congestionado, y unos rizos castaños asomándole por debajo del pañuelo que cubría su cabeza, se limitó a hacer varias señales de asentimiento, a mostrar sus blancos dientes y a murmurar: «*Grazie*». La rubia continuó hablando con vivacidad:

—Yo vine a Inglaterra para dos semanas, de vacaciones. Soy holandesa. Me gusta mucho Inglaterra. He estado en Stratford Avon, en el teatro de Shakespeare y en Warwick Castle. Luego he estado en Clovelly; ahora he visto la catedral de Exeter y Torquay (muy bonito); vengo aquí a ver un lugar famoso y pintoresco, y mañana cruzo el río, voy a Plymouth, desde donde se descubrió el Nuevo Mundo.

—¿Y usted, *signorina*? —Poirot se volvió hacia la otra chica, pero ella se limitó a sonreír y a mover sus rizos.

—Mucho inglés no habla —dijo la chica holandesa amablemente—. Las dos sabemos un poco de francés..., por eso hablamos en tren. Viene de cerca de Milán y tiene pariente en Inglaterra casada con caballero que tiene tienda con muchos ultramarinos. Vino ayer con amiga suya a Exeter, pero amiga comió pastel malo de jamón y ternera en una tienda de Exeter y tuvo que quedarse allí enferma. No es bueno con calor el pastel de ternera y jamón.

En aquel momento, el chófer aminoró la marcha en un lugar donde la carretera se bifurcaba. Las dos chicas se apearon, les dieron las gracias en dos idiomas y continuaron su ascensión por el camino de la izquierda. El chófer abandonó por un momento su actitud distante y le dijo a Poirot:

—No solo con los pasteles de jamón y ternera; uno ha de tener cuidado con cualquier clase de pastelería. ¡Les meten de todo durante la temporada de verano!

Arrancó el coche y tomó la carretera de la derecha, que poco después se adentraba en un espeso bosque. Continuó hablando para pronunciar su veredicto final sobre los ocupantes del albergue juvenil de Hoodown Park:

—Algunas de las jóvenes de ese albergue son agradables —dijo—, pero cuesta mucho trabajo hacerles comprender que no deben invadir la propiedad privada. Se cuelan constantemente en la finca. Es un desastre. Parecen no entender que la casa de un caballero no es un espacio público. Siempre están metiéndose en el bosque, y luego fingen que no entienden lo que se les dice.

Movió la cabeza con pesar.

Continuaron bajando la colina a través de los bosques, luego cruzaron una gran puerta de hierro y prosiguieron por una vereda que, tras una curva final, terminaba frente a una imponente casa blanca, estilo georgiano, que dominaba el río.

El chófer abrió la puerta del coche en el momento en que un mayordomo alto y moreno aparecía en la entrada.

—¿El señor Hércules Poirot? —preguntó el criado.

—Sí.

—La señora Oliver le espera, señor. La encontrará usted en el parapeto. Permítame que le indique el camino.

El mayordomo condujo a Poirot por un sendero tortuoso a lo largo del bosque, desde el que, de vez en cuando, se vislumbraba el río. El sendero descendía gradualmente hasta terminar en un espacio abierto, circular, en el que había un parapeto bajo y almenado. Ahí estaba sentada la señora Oliver.

Se levantó para salir a su encuentro y de su regazo cayeron varias manzanas que rodaron en todas direcciones. Las manzanas parecían ser un *motif* inevitable de todos los encuentros con la señora Oliver.

—No sé por qué siempre dejo caer cosas —dijo de un modo algo confuso porque tenía la boca llena de manzana—. ¿Cómo está usted, monsieur Poirot?

—*Très bien, chère madame* —contestó Poirot cortésmente—. ¿Y usted?

La señora Oliver había cambiado un poco de aspecto desde la última vez que Poirot la había visto. La razón de aquel cambio era, como ella había insinuado por teléfono, que había hecho un nuevo experimento con su *coiffure*. La última vez, su cabello parecía alborotado por el viento... Aquel día, en cambio, llevaba el pelo, de un tono algo azul, recogido en alto con una multitud de ricitos muy artificiales, como una marquesa del siglo XVIII. El tocado de la marquesa terminaba en el cuello, ya que el resto de su atuendo podía describirse, decididamente, como «práctico y campesino»: una falda y una chaqueta de paño áspero, de un violento color de yema de huevo, y un jersey de un bilioso color mostaza.

—Sabía que vendría usted —gorjeó la señora Oliver con alegría.

—Es imposible que lo supiera —respondió Poirot con severidad.

—Sí, sí, lo sabía.

—Todavía me pregunto yo mismo por qué estoy aquí.

—Yo puedo contestarle: por curiosidad.

El detective la miró con ojos un poco chispeantes.

—La famosa intuición femenina —dijo— puede que, por una vez en la vida, no la haya llevado muy lejos de la verdad.

—Bueno, no se ría de mi intuición femenina. ¿No he descubierto siempre al asesino desde el primer momento?

Poirot, galante, guardó silencio. Pero muy bien podría haber respondido: «¡Puede que lo haya adivinado al quinto intento, y no siempre!».

Sin embargo, en vez de eso, dijo mirando a su alrededor:

—Esta finca que tiene usted aquí es verdaderamente hermosa.

—¡Pero si no es mía, monsieur Poirot! ¿Creía usted que lo era? No, no, pertenece a una familia, los Stubbs.

—¿Quiénes son?

—Nadie, casi nadie —respondió la señora Oliver vagamente—. Solo son ricos... No. Estoy aquí por motivos profesionales, haciendo un trabajo.

—¡Ah! Está usted documentándose para una de sus obras maestras, ¿eh?

—No, no. Solo lo que he dicho: estoy haciendo un trabajo. Me han contratado para que organice un asesinato.

Poirot se la quedó mirando.

—No, no. No me refiero a un asesinato de verdad —aclaró la señora Oliver—. Mañana se celebra aquí una gran fiesta y, como novedad, tendremos el juego «atrapa al asesino». Yo me ocupo de todo. Es como eso de la «búsqueda del tesoro», pero como este último se ha vuelto tan vulgar pensaron que «atrapa al asesino» sería una novedad. Así pues, me ofrecieron una suma muy sustanciosa por venir aquí y pensarlo todo. Muy divertido... Será un cambio en la triste rutina diaria.

—¿Y en qué va a consistir?

—Bueno, habrá una víctima, claro, y pistas. Y sospechosos. Todo bastante convencional, ¿sabe?, la vampiresa, el chantajista, los jóvenes amantes, el mayordomo siniestro, etcétera. Cuesta media corona la entrada. Te dan una primera pista y tienes que encontrar a la víctima y el arma. Y, claro, decir quién es el asesino y por qué lo hizo. Y hay varios premios.

—¡No está mal! —exclamó Poirot.

—La verdad es que organizar todo esto es mucho más difícil de lo que parece... —dijo la señora Oliver con expresión lastimera—. Porque debe usted tener en cuenta que la gente de verdad es inteligente, mientras que en mis libros no es necesario que lo sean.

—¿Y me ha hecho usted venir para ayudarla en esto?

Poirot no se esforzó mucho en ocultar su resentimiento.

—¡No, no! —contestó la señora Oliver—. ¡Desde luego que no! De todo esto me he ocupado yo sola. Está todo dispuesto para mañana. No, no, le necesitaba a usted por un motivo completamente distinto.

—¿Qué motivo?

La señora Oliver se llevó las manos a la cabeza. Estaba a punto de pasárselas frenéticamente por el pelo con aquel gesto tan suyo cuando recordó lo intrincado de su nuevo peinado. Así pues, se desahogó tirándose de los lóbulos de las orejas.

—¡Debo de ser estúpida! —se lamentó—. Pero creo que algo anda mal.

Capítulo 2

Se hizo el silencio. Poirot la miraba fijamente.

—¿Que algo anda mal? —preguntó al fin—. ¿Cómo es eso?

—No sé... Por eso le necesito a usted, para que lo descubra. Pero he tenido la sensación... cada vez más fuerte... de que me estaban..., bueno, manejando, dirigiendo... Llámeme tonta, si quiere, pero lo único que le digo es que, si mañana hubiera aquí un asesinato de verdad, en vez de uno imaginario, no me sorprendería nada.

Poirot la observó. Ella le devolvió la mirada, retadora.

—Muy interesante —respondió el detective.

—Supongo que pensará que soy una tonta —insistió en su defensa la señora Oliver.

—Nunca la he considerado una tonta.

—Y sé muy bien lo que siempre dice, o piensa, de la intuición.

—Uno les da nombres distintos a las mismas cosas —dijo Poirot—. Estoy convencido de que ha notado u oído algo que ha despertado su ansiedad. Es posible que ni usted misma sepa qué es lo que ha visto, observado u oído. Usted solo conoce el resultado. Si me permite que me exprese así, no sabe usted lo que sabe. Puede llamarle a eso intuición, si lo desea.

—Eso de no poder ser concreta —musitó la señora Oliver en tono lastimero— le hace a una sentirse tan ridícula...

—Ya llegaremos al fondo de la cuestión —la animó Poirot—. Dice usted que ha tenido la sensación de..., ¿cómo lo ha expresado...?, ¿de que la estaban dirigiendo? ¿Puede explicar un poco más claramente qué quiere decir con eso?

—Bueno, es bastante difícil..., ¿sabe? Este es mi asesinato, por decirlo así. Lo he pensado yo y lo he planeado yo, y todo encaja, todo está ensamblado... Bien, si conoce usted, aunque sea un poco, a los escritores, sabrá que no soportan las sugerencias. La gente dice: «¡Estupendo!, pero ¿no sería mejor que Fulanito o Menganito hiciera esto o lo otro?». «¿No sería maravilloso que la víctima fuera X, en lugar de Z? ¿O que el asesino resultara ser H, en lugar de J?» Total, que tiene una ganas de decir: «¡Muy bien, escriba usted la novela, si quiere que sea así!».

Poirot asintió.

—¿Y eso es lo que ha estado ocurriendo aquí?

—No exactamente... Se propuso una cosa muy tonta y entonces me indigné, y ellos cedieron, pero luego insinuaron algo no tan tonto, y, como yo me había mostrado tan firme con el otro asunto, acepté esta pequeña modificación sin darme cuenta.

—Ya —dijo Poirot—. Sí..., es un método... Se propone algo muy tosco y ridículo, pero no es eso lo que se pretende en realidad. El objetivo es la pequeña alteración que viene después. ¿Es eso lo que quiere decir?

—Eso es justo lo que quiero decir —respondió la señora Oliver—. Claro que puede que todo sean imaginaciones mías, pero no lo creo. Y, en cualquier caso, ninguna de las modificaciones parece tener la menor importancia. Pero me preocupa eso y una especie de..., bueno, de *atmosphère*.

—¿Quién ha propuesto tales modificaciones?

—Diferentes personas —dijo la señora Oliver—. Si hubiera sido solo una, estaría más segura del terreno que piso. Pero no es una sola persona..., aunque creo que, en realidad, lo es. Es decir, es una persona que emplea para sus fines a otras que no sospechan nada.

—¿Tiene usted alguna idea de quién puede ser esa persona?

La señora Oliver negó con la cabeza.

—Es alguien muy hábil y muy cuidadoso —contestó—. Podría ser cualquiera.

—¿Me puede hacer una lista de los personajes del drama? —preguntó Poirot—. El número debe de ser bastante reducido, ¿no?

—Bien —empezó la señora Oliver—. Está sir George Stubbs, el dueño de la casa. Rico, vulgar y, en mi opinión, terriblemente estúpido para todo lo que no sean los negocios, por mucho que sea un lince para ellos. Luego está lady Stubbs, o sea, Hattie, unos veinte años más joven que él, muy guapa, pero para nada brillante. Se casó con él por el dinero, por supuesto, y solo piensa en vestidos y joyas. Luego está Michael Weyman, un arquitecto joven y guapo, con una belleza áspera, de artista. Está haciendo los planos de un pabellón de tenis para sir George y reparando el templete.*

* La señora Oliver emplea la palabra *folly*, que en español significa «tontería, extravagancia», aunque también puede significar,

—¿El templete?

—Sí, una especie de templete blanco con columnas. Los habrá visto usted en Kew. Luego tenemos a la señorita Brewis, una mezcla de secretaria y ama de llaves que dirige la casa y escribe cartas..., muy ceñuda y eficiente. Y luego, la gente de los alrededores, que viene a ayudar. Un matrimonio joven, que ha alquilado una casita junto al río, Alec Legge y su esposa, Sally. Y el capitán Warburton, que se ocupa de la seguridad de Masterton. Y, naturalmente, los Masterton, y la anciana señora Folliat, que vive en lo que era antes la casa del guarda. Nasse perteneció a la familia de su marido. Pero todos han ido muriendo, o los mataron en diferentes guerras, y hubo que pagar muchos impuestos de sucesiones. De manera que, al final, el último heredero vendió la propiedad.

Poirot consideró aquella lista de personajes, pero, por el momento, para él, solo eran nombres. Volvió al punto principal.

—¿De quién fue la idea de ese «atrapa al asesino»?

—De la señora Masterton, creo. Es la esposa del diputado. Una muy buena maestra de ceremonias. Fue ella la que convenció a sir George de que la fiesta se celebrara aquí. La finca ha estado desocupada durante tanto tiempo que cree que la gente tendrá muchas ganas de verla y pagará con gusto por ello.

—Todo parece muy normal —dijo Poirot.

—Parece normal —apuntó la señora Oliver con obstinación—, pero no lo es. Le digo, monsieur Poirot, que aquí hay gato encerrado.

---

como en este caso, «una especie de templete». En este último significado es muy poco corriente. *(N. de la t.)*

El detective miró a la señora Oliver, que le devolvió la mirada.

—¿Cómo ha explicado usted mi presencia aquí, y que me haya hecho usted venir? —preguntó él, extrañado.

—Eso fue fácil —respondió ella—. Será usted quien entregue los premios en el «atrapa al asesino». Todo el mundo está emocionadísimo. Dije que le conocía, que probablemente podría convencerle de que viniera y que estaba segura de que su nombre levantaría una gran expectación... Y, como es natural, lo hará —añadió, diplomática.

—¿Y aceptaron su idea sin objeciones?

—Ya le digo que la idea entusiasmó a todo el mundo.

La señora Oliver consideró innecesario mencionar que uno o dos miembros de la generación más joven habían preguntado: «¿Quién es Hércules Poirot?».

—¿Todo el mundo? ¿Nadie se opuso a la idea?

La señora Oliver negó con la cabeza.

—Es una lástima —apuntó Hércules Poirot.

—¿Quiere usted decir que eso podría habernos dado alguna pista?

—No creo que un criminal en potencia hubiera acogido mi presencia con gusto.

—Supongo que creerá usted que todo son imaginaciones mías —dijo la señora Oliver con tono lastimero—. Tengo que admitir que, hasta que he empezado a hablar con usted, no me he dado cuenta de lo poco que tengo.

—Tranquilícese —respondió Poirot amablemente—. Estoy inquieto e interesado. ¿Por dónde empezamos?

La señora Oliver echó una ojeada a su reloj.

—Es la hora del té. Vamos a la casa. Allí los conocerá a todos.

Tomó un camino distinto del que había seguido Poirot; este parecía conducir en la dirección contraria.

—Por aquí pasaremos por la caseta de los botes —le explicó.

Mientras hablaba, apareció ante sus ojos dicha caseta. Era una pintoresca cabaña con techo de paja, proyectada sobre el río.

—Ahí es donde estará el cadáver —le informó la señora Oliver—. El cadáver del «atrapa al asesino», quiero decir.

—¿Y quién va a ser el asesinado?

—Ah, una excursionista yugoslava, que en realidad es la primera mujer de un investigador de la energía atómica —expuso la señora Oliver con ligereza—. Naturalmente, parece que el que la mató fue el investigador, pero, claro, no es tan sencillo como eso...

—Claro que no... Estando usted por medio...

La señora Oliver aceptó el cumplido con un movimiento ondulante de la mano.

—En realidad —dijo—, quien la mata es el hacendado, y el motivo es bastante ingenioso, la verdad. No creo que lo adivine mucha gente..., aunque la quinta pista lo indica muy claramente.

Poirot abandonó las sutilezas de la trama de la señora Oliver y aprovechó para hacer una pregunta práctica:

—Pero ¿cómo se las arregla usted para conseguir un cadáver?

—Una exploradora. Iba a ser Sally Legge, pero ahora quieren que se ponga un turbante y lea el porvenir. Será una exploradora llamada Marlene Tucker. Una mocosa bastante tonta —añadió a modo de explicación—. Es muy fácil, todo se reduce a unos pañuelos de campesina y una mochila..., y lo único que tiene que hacer, cuando oiga que viene alguien, es echarse al suelo y colocarse la cuerda alrededor del cuello. Bastante aburrido para la pobre chica, allí metida en la caseta hasta que la encuentren, pero me he ocupado de que tenga unos cuantos tebeos con los que entretenerse... Por cierto, hay una pista para encontrar al asesino, una pista escrita en uno de esos tebeos... Todo encaja.

—¡Su inventiva me deja mudo de asombro! ¡Qué de cosas se le ocurren!

—Pensar cosas no es nada difícil —aseguró la señora Oliver—. Lo malo es que piensa una demasiadas, y entonces todo se vuelve complicadísimo, y tiene una que desprenderse de algunas ideas, y eso sí que es horroroso. Vayamos por aquí.

Empezaron a subir un sendero empinado y zigzagueante a lo largo del río, pero a un nivel más alto. La vereda, que discurría en medio de los árboles, daba una vuelta brusca y se encontraron en un claro, dominado por un pequeño templete blanco, con columnas. Un joven, vestido con unos viejos pantalones de franela y una camisa de un verde virulento, contemplaba el templete a cierta distancia, con el ceño fruncido. Giró en redondo hacia ellos.

—El señor Michael Weyman; monsieur Hércules Poirot —los presentó la señora Oliver.

El joven inclinó la cabeza con cierta indiferencia.

—Es extraordinario... —dijo con voz amarga—, ¡en qué sitios pone la gente las cosas! Esto, por ejemplo. Lo construyeron hace un año nada más... Algo bastante bonito en su estilo y acorde con la época de la casa. Pero ¿por qué ponerlo aquí? El objetivo de estas cosas es que sean visibles, «situado en un promontorio», así es como suelen expresarse, «al que se llega por un verde campo en el que florecen los narcisos, etcétera». Pero aquí tienen a este pobre diablo, perdido en medio de los árboles, invisible desde cualquier parte... Tendría usted que echar abajo unos veinte árboles para poderlo ver desde el río.

—Puede que no hubiera otro sitio —opinó la señora Oliver.

Michael Weyman lanzó un bufido.

—En lo alto de aquel montículo cubierto de hierba, junto a la casa... Era el emplazamiento indicado. Pero no, estos ricachones son todos iguales: no tienen sentido artístico. Se les antoja un templete y lo encargan. Miran a su alrededor para ver dónde lo ponen. Creo que un vendaval arrancó un roble muy grande y dejó una calva muy fea. ¿Y qué dijo el muy bruto? «Ah, pues muy bien, lo adecentaremos todo poniendo allí un templete.» ¡Es en lo único en que piensan estos ricachones! ¡En «adecentarlo» todo! ¡Me extraña que no haya puesto macizos de geranios rojos y de calceolarias, todo alrededor de la casa! A un hombre así no se le debería consentir tener una propiedad como esta.

Parecía muy acalorado.

«A este joven —reflexionó Poirot— no le gusta sir George Stubbs, eso es evidente.»

—Está asentado sobre hormigón —dijo Weyman—, y debajo la tierra no es firme; claro, se ha hundido. Está todo agrietado por aquí... Pronto será un peligro... Sería mejor echarlo abajo y levantarlo de nuevo en lo alto del montículo que queda cerca de la casa. Ese es mi consejo, pero el muy testarudo no quiere ni oír hablar lo más mínimo al respecto.

—¿Y qué hay del pabellón de tenis? —preguntó la señora Oliver.

La expresión del joven se hizo aún más sombría.

—Quiere una especie de pagoda china —respondió, lanzando un gruñido—. ¡Dragones, por favor! Todo porque a lady Stubbs le gusta verse con sombreros chinos. ¿Quién va a querer ser arquitecto? ¡El que desea que le construyan algo decente no tiene dinero, y los que lo tienen pretenden estas barbaridades!

—Le compadezco, de veras —dijo Poirot gravemente.

—¡George Stubbs! —exclamó el arquitecto con desprecio—. ¿Quién se cree que es? Se pasó la guerra emboscado en un cómodo puesto del Almirantazgo, en las tranquilas profundidades de Gales, y se deja crecer la barba para hacer creer que estuvo en servicio activo, en un convoy... Al menos, eso es lo que dicen. Está podrido de dinero... ¡Lo que se dice podrido!

—Bueno, ustedes los arquitectos necesitan de la gente que tiene dinero para gastar, o nunca conseguirían un trabajo —señaló la señora Oliver muy razonablemente.

Echó a andar hacia la casa y Poirot y el desalentado arquitecto la siguieron.

—Estos ricachones —continuó el joven, con amargura— no comprenden los principios elementales.

Le dio una última patada al desequilibrado templete.

—Si los cimientos están podridos, todo está podrido.

—Esas son palabras muy profundas —apuntó Poirot—. Sí, muy profundas.

El sendero salió de la espesura y ante ellos surgió la casa, blanca y hermosa, resaltando contra el fondo de árboles oscuros que sobresalían detrás de ella.

—Sí, es en verdad hermosa —murmuró Poirot.

—Quiere construir una sala de billar —dijo el señor Weyman con antipatía.

En un montículo delante de ellos, una señora de cierta edad se afanaba podando unos arbustos. Se enderezó para recibirlos, jadeando ligeramente.

—Todo ha estado tan descuidado durante años... —dijo—. ¡Y es tan difícil hoy en día conseguir un hombre que entienda de arbustos! Esta ladera debía de ser una delicia de color, en marzo y abril, pero este año no está nada lucida... Todas estas ramas secas tendrían que haberse podado el otoño pasado...

—Monsieur Hércules Poirot, la señora Folliat —los presentó la señora Oliver.

La anciana sonrió.

—¡Conque este es el gran monsieur Poirot! Es usted muy amable por venir a ayudarnos mañana. Esta señora, que es muy inteligente, ha imaginado una trama de lo más desconcertante... Será una verdadera novedad.

Poirot se sorprendió ante los graciosos modales de la señora. Se comportaba como si ella misma fuera la anfitriona.

—Madame Oliver es una vieja amiga mía —respondió Poirot con educación—. Para mí, ha sido un verdadero placer acceder a su petición. Este es un lugar precioso, ¡y qué noble y magnífica es la casa!

La señora Folliat dijo llanamente:

—Sí. La construyó el bisabuelo de mi marido, en 1790. —Su voz era tranquila y práctica—. La vivienda originaria, isabelina, se desmoronó poco a poco, y en 1700 el fuego la destruyó. Nuestra familia ha vivido aquí desde el año 1598.

Poirot la observó. Era una mujer muy pequeña, robusta y vestida con ropa de paño ya muy gastada. Su rasgo más notable eran los ojos, de un color azul claro de porcelana. Llevaba el cabello gris muy recogido con una redecilla. Aunque era evidente que no se preocupaba de su aspecto, tenía ese aire indefinible, tan difícil de explicar, por el que se ve que una persona es alguien.

Mientras se encaminaban juntos hacia la casa, Poirot dijo tímidamente:

—Debe de ser duro para usted tener extraños viviendo aquí.

Se produjo una breve pausa antes de que la señora Folliat respondiera. Cuando habló, lo hizo con voz clara y precisa, sin mostrar la menor emoción:

—Hay tantas cosas duras, monsieur Poirot...

Capítulo 3

La señora Folliat abría la marcha, Poirot iba detrás de ella. La casa era agradable, de bellas proporciones. La señora Folliat, tras cruzar una puerta a la izquierda, entró en un pequeño salón amueblado con gusto y pasó de este al gran salón, lleno de personas que, en aquel momento, parecían hablar todas a un tiempo.

—George —dijo la señora Folliat—, este señor es monsieur Poirot, que ha tenido la amabilidad de venir a ayudarnos. Sir George Stubbs.

Sir George, que estaba hablando en voz muy alta, giró en redondo. Era un hombre alto, de rostro encendido y una barba que resultaba un poco inesperada. Producía el efecto desconcertante del actor que no acaba de decidirse por el papel que más le place y se queda entre el hacendado y el «diamante en bruto». Desde luego, nada en él hacía pensar en la Armada, a pesar de las observaciones de Michael Weyman. Sus modales y su voz eran joviales, pero tenía unos ojos pequeños y agudos, de un azul muy penetrante. Saludó cordialmente a Poirot:

—Nos alegramos muchísimo de que su amiga, la señora Oliver, haya conseguido convencerle de que venga. Ha sido una idea estupenda. Su presencia atraerá a mucha gente.

Miró en torno suyo, con expresión un poco vaga.

—¡Hattie! —Repitió luego el nombre en tono un poco más alto—: ¡Hattie!

Lady Stubbs estaba recostada en un gran sillón, a cierta distancia de los demás. Parecía no prestar atención a lo que ocurría a su alrededor. Miraba sonriendo su mano, extendida sobre el brazo del sillón. La movía de derecha a izquierda para que la luz se reflejara en las profundidades verdes de una gran esmeralda que lucía en el dedo corazón.

Levantó la vista con cierto sobresalto infantil y dijo:

—¿Cómo está?

Poirot la saludó inclinando ligeramente la cabeza sobre su mano.

Sir George continuó haciendo las presentaciones.

—La señora Masterton.

Esta era una mujer monumental, que a Poirot le recordó vagamente a un sabueso, de mandíbula hundida y ojos grandes, tristes y un poco inyectados en sangre. Saludó al detective con una inclinación y reanudó su discurso con una voz que de nuevo le hizo pensar en el ladrido de un sabueso.

—Esta estúpida discusión sobre la tienda del té ha de terminar, Jim —apuntó en tono autoritario—. Tienen que entrar en razón. No podemos dejar que la fiesta fracase por algo tan tonto.

—No, claro —respondió el hombre a quien se dirigía.

—El capitán Warburton —dijo sir George.

El capitán Warburton, que llevaba una chaqueta deportiva de cuadros y tenía cierto parecido con un caballo, mostró una hilera de blancos dientes en una sonrisa de lobo.

—No se moleste, yo lo arreglaré —aseguró el hombre—. Les hablaré paternalmente. ¿Y qué hay de la tienda de la fortuna? ¿En aquel espacio, junto a la magnolia? ¿O al final del césped, junto a los rododendros?

Sir George continuó con las presentaciones.

—El señor y la señora Legge.

Un joven alto, con la cara muy pelada por el sol, sonrió de un modo agradable. Su esposa, una atractiva pelirroja de cara pecosa, hizo un saludo amistoso con la cabeza, y enseguida se enfrascó de nuevo en una discusión con la señora Masterton.

—...junto a la magnolia no..., el cuello de botella...

—... tenemos que desparramar cosas..., pero si hay una pista...

—... mucho más fresco. Quiero decir que, dando el sol de lleno en la casa...

—... y el «tiro al coco»* no puede estar demasiado cerca de la casa..., los chicos se comportan tan locamente cuando juegan...

—Y esta es la señorita Brewis, que nos gobierna a todos —dijo sir George.

La señorita Brewis estaba sentada detrás de la gran bandeja de plata con el servicio de té. Era una mujer delgada, de aspecto eficiente, de unos cuarenta y tantos años y ademanes vivos y agradables.

* Juego muy popular en Inglaterra en esta clase de fiestas. Se colocan los cocos en lo alto de varios palos de diferentes tamaños y, con unas bolas por las que se paga una pequeña cantidad, se intenta derribarlos. Quien lo logra se queda con los cocos derribados. *(N. de la t.)*

—¿Cómo está usted, monsieur Poirot? —le preguntó—. Espero que el tren no haya venido demasiado abarrotado. A veces, van llenísimos en esta época del año. Le serviré una taza de té. ¿Leche? ¿Azúcar?

—Muy poca leche, mademoiselle, y cuatro terrones de azúcar. —Y, mientras la señorita Brewis se encargaba de atender su demanda, añadió—: Ya veo que aquí hay mucha actividad.

—Sí. Siempre hay tantas cosas que atender en el último minuto... Y la gente de ahora no es de fiar. Las carpas, las tiendas, las sillas, el catering... Tiene uno que estarles encima. Me he pasado media mañana al teléfono.

—¿Qué hay de esas estacas, Amanda? —preguntó sir George—. ¿Y los palos extras para el golf de reloj?*

—Ya todo está bien claro, sir George. El señor Benson, del club de golf, fue de lo más amable.

La señorita Brewis le pasó a Poirot su taza.

—¿Un sándwich, monsieur Poirot? Estos son de tomate, y estos, de *foie gras*. Pero quizá —dijo la señorita Brewis, pensando en los cuatro terrones de azúcar— prefiera usted un pastel de crema, ¿no?

Efectivamente, Poirot prefería un pastel de crema; se sirvió uno muy dulce y untuoso.

Luego, con cuidado para mantenerlo en equilibrio, se sentó junto a su anfitriona. Esta continuaba haciendo ju-

* Una especie de golf en miniatura. El campo de juego tiene la forma de un reloj, con un agujero en el centro. Con un palo de golf, se tira la pelota desde cada uno de los números, tratando de introducirla en el agujero, y empezando en el número uno. La persona que lo consiga, tirando desde el número más bajo, es la que gana. *(N. de la t.)*

gar la luz sobre la joya y levantó la vista hacia él, con una sonrisa infantil y complacida.

—Mire —dijo—. Es bonita, ¿verdad?

La había estado observando. Llevaba un gran sombrero chino de paja color magenta. Bajo su sombra, su piel mortecina adoptaba una tonalidad rosada. Iba muy maquillada, de un modo exótico, muy poco inglés. El cutis mate y muy pálido, los labios de un vivo color rosa y en los ojos una generosa cantidad de rímel. Por debajo del sombrero asomaba su cabello, negro y liso, pegado a la cabeza como un casquete de terciopelo. El rostro tenía una belleza lánguida, muy poco inglesa. Era un producto del sol del trópico, sorprendido, por decirlo así, por casualidad, en un salón inglés. Pero fueron sus ojos lo que más impresionó a Poirot. Tenían una mirada fija, aniñada, casi estúpida. Había hecho la pregunta de un modo pueril, y Poirot le contestó como se contesta a una niña pequeña.

—Es una sortija preciosa —afirmó.

Ella pareció encantada.

—George me la regaló ayer —dijo bajando la voz, como si estuviera compartiendo un secreto con él—. Me regala muchas cosas. Es muy bueno.

Poirot volvió a mirar la sortija y la mano extendida sobre un brazo de la butaca. Llevaba las uñas muy largas y pintadas de un color morado.

A su mente acudió una cita bíblica: «... no se fatigan ni hilan...».*

Desde luego, le resultaba imposible imaginar a lady

* «Mirad los lirios del campo cómo crecen, no se fatigan ni hilan. Y os digo que ni Salomón en toda su gloria se vistió como uno de ellos», Mateo 6, 28-29. *(N. de la t.)*

Stubbs fatigándose ni hilando. Y, sin embargo, tampoco la describiría como un lirio del campo. Era un producto mucho más artificial.

—Esta habitación es muy bonita, madame —dijo él, mirando a su alrededor.

—Supongo que sí —respondió lady Stubbs con expresión vaga.

Su atención seguía fija en la sortija; con la cabeza un poco inclinada y moviendo la mano, observaba el fuego verde de la piedra.

—¿Lo ve usted? Me está haciendo guiños —dijo en un susurro, como si compartiera una confidencia.

Soltó una carcajada que sobresaltó a Poirot. Era una risa fuerte y sin freno. Desde el otro extremo de la habitación, sir George profirió:

—Hattie.

Aunque el tono de su voz era agradable, encerraba una especie de advertencia.

Lady Stubbs dejó de reírse. Poirot comentó con un tono formal:

—Devonshire es una provincia encantadora. ¿No le parece a usted?

—Es bonito de día —dijo lady Stubbs—. Cuando no llueve —añadió en tono quejumbroso—. Sin embargo, no hay clubes nocturnos.

—Comprendo. ¿Le gustan los clubes nocturnos?

—Sí —aseguró lady Stubbs con fervor.

—¿Y por qué le gustan tanto los clubes nocturnos?

—Hay música y se baila. Y yo me pongo mis vestidos más bonitos y pulseras y sortijas, y todas las demás mujeres tienen vestidos bonitos y joyas, pero no tan bonitos como los míos.

Sonrió con enorme satisfacción. Poirot sintió una punzada dolorosa.

—¿Y todo eso le divierte mucho?

—Sí. También me gusta el casino. ¿Por qué no hay casinos en Inglaterra?

—Muchas veces me he preguntado eso mismo —dijo Poirot suspirando—. No creo que encajaran con el carácter inglés.

Ella lo miró como si no comprendiera. Luego se inclinó ligeramente hacia él.

—Una vez gané sesenta mil francos en Montecarlo. Los puse al número veintisiete y salió.

—Debió de ser muy emocionante, madame.

—Sí que lo fue. George me da dinero para jugar, pero generalmente lo pierdo.

Parecía desconsolada.

—Es una pena.

—Bueno, no importa, en realidad. George es muy rico. Es muy agradable ser rico, ¿no cree?

—Sí, muy agradable —dijo Poirot con suavidad.

—Es posible que, si yo no fuera rica, me pareciera a Amanda.

Dirigió la mirada hacia la mesa de té y la estudió desapasionadamente.

—Es muy fea, ¿verdad?

La señorita Brewis levantó la vista en aquel momento y la dirigió hacia el lugar donde ellos estaban sentados. Lady Stubbs no había hablado alto, pero Poirot se preguntó si Amanda Brewis la habría oído.

Al retirar la vista, los ojos de Poirot encontraron la mirada del capitán Warburton, irónica y divertida.

Poirot se esforzó en cambiar de tema.

—¿Ha estado usted muy atareada con los preparativos de la fiesta?

Hattie Stubbs negó ligeramente con la cabeza.

—No, yo creo que todo esto es muy aburrido..., muy estúpido. Tenemos criados y jardineros. ¿Por qué no hacen ellos los preparativos?

—Hija mía. —Era la señora Folliat la que hablaba. Había venido a sentarse a un sofá cercano—. Esas son las ideas que te inculcaron en tus posesiones de las islas. Pero, en estos tiempos, la vida en Inglaterra es muy distinta. Ojalá no lo fuera. —Suspiró—. Ahora tiene que hacérselo una por sí misma casi todo.

Lady Stubbs se encogió de hombros.

—Me parece estúpido. ¿De qué sirve ser rico si tiene uno que hacerlo todo por sí mismo?

—A algunas personas les divierte —dijo la señora Folliat, sonriendo—. A mí, por ejemplo. No hacerlo todo, pero algunas cosas sí. Me gusta arreglar el jardín por mí misma y me encanta preparar una fiesta como la de mañana.

—¿Será como una fiesta de sociedad? —preguntó lady Stubbs, esperanzada.

—Exactamente, con mucha mucha gente...

—¿Será como en Ascot? ¿Habrá muchos sombreros y todo el mundo irá elegante?

—Bueno, no como en Ascot —dijo la señora Folliat, que añadió con dulzura—: Pero tienes que tratar de disfrutar con las cosas del campo, Hattie. Deberías habernos ayudado esta mañana, en lugar de levantarte a la hora del té.

—Me dolía la cabeza —dijo Hattie enfurruñada. Luego cambió su estado de ánimo y sonrió a la señora Folliat con afecto—. Pero mañana seré buena. Haré todo lo que me diga.

—Así me gusta, querida.

—Voy a estrenar un vestido. Ha llegado a primera hora. Venga arriba conmigo a echarle un vistazo.

La señora Folliat titubeó. Lady Stubbs se puso en pie e insistió:

—Tiene usted que venir. ¡Por favor! Es un vestido precioso. ¡Vamos!

—Está bien, de acuerdo.

La señora Folliat esbozó una sonrisa y se levantó.

Al salir de la habitación siguiendo a Hattie, una tan alta, la otra tan bajita, Poirot vio su cara y le impresionó la expresión de cansancio que había sustituido a su sonriente compostura. Era como si, desprevenida por un momento, hubiera cedido y ya no se molestara en mantener la máscara que solía llevar cuando estaba rodeada de gente. Y, sin embargo..., parecía como si hubiera algo más. Puede que sufriera una enfermedad de la que, al igual que hacen muchas mujeres, nunca hablara. No era persona, pensó, que se molestara en inspirar piedad o simpatía a los demás.

El capitán Warburton se sentó en la butaca que Hattie acababa de dejar libre. También él miró hacia la puerta por la que acababan de salir las dos mujeres, pero no fue en la mayor de ellas en quien se fijó, sino que, sonriendo y arrastrando las palabras, dijo:

—Hermosa criatura, ¿verdad?

Observó con el rabillo del ojo a sir George, que salía por un ventanal, seguido de la señora Masterton y de la señora Oliver.

—Se ha metido en el bolsillo al bueno de George Stubbs. ¡Nada es demasiado para ella! Joyas, pieles y todo eso. No he podido averiguar si se da cuenta o no de que su mujer está un poco tocada del seso. Es probable que piense que no importa. Después de todo, estos hombres de negocios no piden compañía intelectual.

—¿De dónde es ella? —preguntó Poirot, interesado.

—Parece sudamericana, siempre me lo ha parecido. Pero creo que es de las Indias Occidentales. Una de esas islas con azúcar, ron y todo eso. De una antigua familia de allí... Una criolla, no quiero decir que sea una mestiza. Creo que en esas islas se casan entre sí parientes muy próximos. Eso explica la discapacidad mental.

La joven señora Legge se unió a ellos.

—Escucha, Jim —dijo—, necesito que te pongas de mi parte. Esa tienda tiene que estar donde todos habíamos decidido..., al fondo del césped, de espaldas a los rododendros. Es el único sitio posible.

—Mamá Masterton no lo cree así.

—Bueno, pues tendrás que hablarle claro.

Él sonrió con astucia.

—La señora Masterton es mi jefa.

—Tu jefe es Wilfred Masterton. Quien es diputado es él.

—Supongo que sí, pero debería serlo ella. Es ella la que lleva los pantalones... Me consta.

Sir George volvió a entrar en la habitación por el ventanal.

—¡Ah, está usted ahí, Sally! —exclamó—. La necesitamos. Parece mentira que la gente se emocione tanto con cosas tan tontas como quién ha de untar los bollos, quién ha de rifar el pastel y por qué el puesto de las frutas y hortalizas está donde se había prometido que estaría el de las prendas de punto. ¿Dónde se ha metido

Amy Folliat? Ella se las entiende muy bien con esa gente... Se las entiende como nadie, sabe convencer.

—Ha ido arriba con Hattie —dijo la señora Legge.

—¡Ah! ¿Arriba...?

Sir George dirigió a su alrededor una mirada desvalida, y la señorita Brewis, tras preparar las entradas, se puso en pie de un salto y dijo:

—Voy a buscarla, sir George.

—Gracias, Amanda.

La señorita Brewis salió de la habitación.

—Tenemos que conseguir un poco más de valla de alambre —murmuró sir George.

—¿Para la fiesta?

—No, no. Para ponerla en el límite con Hoodown Park, en el bosque. La vieja está completamente desvencijada; por allí es por donde se cuelan.

—¿Quién se cuela?

—¡Gente que no sabe respetar la propiedad privada! —exclamó sir George.

Sally Legge apuntó, divertida:

—Parece usted Betsey Trotwood en plena campaña contra los burros.

—¿Betsey Trotwood? ¿Quién es? —preguntó sir George.

—Un personaje de Dickens.

—¡Ah, Dickens! He leído *Los papeles de Pickwick*. No está mal. No. No está mal... Me sorprendió. Pero, hablando en serio, los intrusos se han vuelto una plaga desde que empezó esa payasada del albergue juvenil. Aparecen por todas partes, llevando camisas de lo más extrañas... Esta mañana he visto a un chico con una de dibujos de tortugas y cosas raras... He pensado que estaba borracho y veía doble. Y la mayoría no sabe inglés y no hace más que farfullar: «Oh, pog favog..., si tiene usted..., dígame..., ¿es camino para el ferroy?». Yo digo que no, que no lo es, les lanzo un berrido, los mando de vuelta, pero la mayoría de las veces se quedan parpadeando y mirándole a uno sin comprender. Y las chicas se ríen como bobas. Los hay de todas las nacionalidades: italianos, yugoslavos, holandeses, finlandeses... ¡No me extrañaría que hubiera esquimales entre ellos! Y seguro que la mitad de ellos son comunistas —terminó con expresión sombría.

—Vamos, George, no empiece usted con los comunistas —dijo la señora Legge—. Iré con usted a enfrentarme con esas levantiscas mujeres.

Le condujo a través del ventanal, llamando por encima del hombro:

—Vamos, Jim. Ven a hacer que nos despedacen por una buena causa.

—Muy bien, pero quiero explicarle a monsieur Poirot los detalles del «atrapa al asesino», pues es él quien ha de entregar los premios.

—Puedes hacerlo luego.

—Le esperaré aquí —aseguró Poirot en tono amable.

En el silencio que siguió a su marcha, Alec Legge se desperezó en su butaca y suspiró.

—¡Mujeres! —exclamó—. Son como un enjambre de abejas.

Volvió la cabeza para mirar a través de la ventana.

—¿Y a qué viene todo esto? Una estúpida fiesta campestre que no le interesa a nadie.

—Es evidente —dijo Poirot— que hay personas a quienes sí les interesa.

—¿Por qué ha de tener la gente tan poco juicio? ¿Por qué no pueden pensar? Fíjese en el lío en que se ha metido el mundo entero, ¿no se dan cuenta de que los habitantes de la Tierra se están suicidando?

Poirot creyó acertadamente que aquella pregunta no esperaba respuesta. Se limitó a mover la cabeza con expresión ambigua.

—A menos que podamos hacer algo antes de que sea demasiado tarde... —Alec Legge se calló bruscamente. Su rostro se ensombreció. Continuó—: Ya sé lo que está pensando. Que estoy nervioso, que soy un neurótico... y todo eso. Como esos malditos médicos. Lo único que hacen es recomendar descanso, cambio de ambiente y aire de mar. Muy bien, Sally y yo vinimos aquí, alquilamos Mill Cottage por tres meses y yo he seguido su receta. He pescado, me he bañado al aire libre, he dado largos paseos y he tomado baños de sol...

—Sí, la verdad es que se le nota que ha estado tomando el sol —convino Poirot con cortesía.

—¡Ah!, ¿lo dice por esto? —Alec se llevó la mano a la cara, donde se le había pelado parte de la piel—. Esto es el resultado de haber podido disfrutar en Inglaterra, por una vez en la vida, de un buen verano. Pero ¿qué se gana con todo eso? No se puede evitar enfrentarse con la verdad simplemente huyendo de ella.

—No, huir nunca sirve de nada.

—Y el estar en una atmósfera rural como esta lo que hace es que uno vea las cosas con más agudeza... Como la increíble apatía de la gente de este país, por ejemplo. Incluso Sally, que es muy inteligente, es igual. ¿Por qué preocuparse? Eso es lo que dice. ¡Me pone muy nervioso! ¿Por qué preocuparse?

—Por pura curiosidad: ¿por qué se preocupa usted?

—¡Dios mío! ¿Usted también?

—No, no es un consejo. Es, sencillamente, que quisiera saber su respuesta.

—¿No ve usted que alguien tiene que hacer algo?

—¿Y ese alguien es usted?

—No, no, no yo en persona. No se puede personalizar nada en estos tiempos.

—No veo por qué. Incluso en «estos tiempos», como usted dice, uno sigue siendo una persona.

—¡Pero uno no debe serlo! Cuando llegan los momentos difíciles, cuando es cuestión de vida o muerte, no puede uno pensar en sus propios e insignificantes males o preocupaciones.

—Le aseguro que se equivoca por completo. En la última guerra, durante un intenso bombardeo, a mí me preocupaba mucho menos la idea de la muerte que el dolor de un callo que tenía en el meñique de un pie. Me sorprendió que fuera así. «Piensa que en cualquier momento puede venir la muerte», me decía a mí mismo. Pero seguía pensando en mi callo. En realidad, me sentía ofendido por tener que sufrir aquel dolor además del miedo a la muerte. Precisamente por el hecho de que podía morir, todos los pequeños detalles de mi vida adquirían mayor importancia. En cierta ocasión vi a una mujer que acababa de sufrir un accidente de tráfico en el que se había roto una pierna y se echó a llorar porque vio que se le había escapado un punto a una media.

—¡Lo que demuestra con toda claridad lo tontas que son las mujeres!

—Lo que demuestra cómo somos las personas. Puede

que sea la preocupación por nuestra propia vida la que haya llevado a la raza humana a sobrevivir.

Alec Legge se carcajeó con desprecio.

—Algunas veces —dijo— pienso que es una pena que hayamos sobrevivido.

—Es, ¿sabe? —insistió Poirot—, una forma de humildad. Y la humildad tiene mucho valor. Recuerdo que durante la guerra había un eslogan escrito en el metro de Londres: «Todo depende de ti», decía. Creo que lo había escrito un eminente teólogo, pero, en mi opinión, era una doctrina peligrosa e indeseable. Porque no es cierto. Todo no depende del ciudadano de a pie en su pueblo común y corriente. Y si le hacemos creer que es así, será malo para él. Mientras piensa en el papel que puede representar en los asuntos mundiales, se descuida y el niño derrama el agua hirviendo de la olla.

—Sus puntos de vista están bastante anticuados. Vamos a ver: ¿qué eslogan escogería usted?

—No es necesario que redacte yo uno propio. En este país hay uno más antiguo que me satisface plenamente.

—¿Y cuál es?

—«Pon tu confianza en Dios y cuida de que tu pólvora esté seca.»

—Vaya, vaya... —respondió Alec Legge, divertido—. De lo más inesperado, viniendo de usted. ¿Sabe lo que me gustaría hacer en este país?

—Sin duda alguna, algo violento y desagradable —dijo Poirot sonriendo.

Alec Legge no se rio.

—Me gustaría que todas las personas mentalmente débiles fueran aniquiladas... ¡Todas! No dejarlas crecer.

Si durante una generación solo se permitiera vivir a las personas inteligentes, imagínese el resultado.

—Si acaso aumentaría el número de los pacientes de los manicomios —apuntó Poirot fríamente—. En una planta, monsieur Legge, las raíces son tan necesarias como las flores. Por grandes y hermosas que sean las flores, no podrían existir si se destruyeran las raíces. —Y continuó en tono confidencial—: ¿Considera usted a lady Stubbs como posible candidata a su cámara mortuoria?

—Sí, desde luego. ¿Para qué sirve una mujer como esa? ¿En qué medida ha contribuido ella al bien de la sociedad? ¿Le ha pasado alguna vez por la cabeza una idea que no esté relacionada con vestidos o pieles o joyas? Como le digo, ¿para qué sirve?

—Usted y yo —dijo Poirot con suavidad— somos, desde luego, mucho más inteligentes que lady Stubbs. Pero me temo —movió tristemente la cabeza— que somos mucho menos decorativos.

—Decorativos...

Alec estaba a punto de soltar un bufido de indignación, pero la llegada de la señora Oliver y del capitán Warburton, que entraban por el ventanal, le interrumpió.

Capítulo 4

—Tiene usted que venir a ver las pistas y demás cosas del «atrapa al asesino», monsieur Poirot —dijo la señora Oliver, sin aliento.

Poirot se levantó y la siguió, obediente.

Los tres cruzaron el vestíbulo y entraron en una pequeña habitación amueblada con sencillez, como una oficina.

—Las armas mortales a su izquierda —observó el capitán Warburton, señalando con la mano una pequeña mesa de juego cubierta con paño verde.

Sobre ella reposaban una pequeña pistola, una tubería de plomo con una mancha siniestra de óxido, una botella azul con una etiqueta que decía «veneno», un trozo de cuerda de tender la ropa y una jeringa hipodérmica.

—Estas son las armas —explicó la señora Oliver—, y estos son los sospechosos.

Le tendió una tarjeta impresa, que él leyó con interés.

SOSPECHOSOS

Estella Glynne: hermosa y misteriosa joven invitada del

Coronel Blunt: hacendado, cuya hija
Joan: está casada con
Peter Gaye: joven investigador de la energía atómica.
Señorita Willing: ama de llaves.
Quiett: mayordomo.
Maya Stavisky: una excursionista.
Esteban Loyola: un huésped que no ha sido invitado.

Poirot parpadeó y miró hacia la señora Oliver sin comprender una palabra.

—Un reparto magnífico —dijo cortésmente—. Pero permítame que le pregunte, madame, ¿qué es lo que hacen los participantes?

—Dele la vuelta a la tarjeta —repuso sonriendo el capitán Warburton.

Poirot así lo hizo.

En el otro lado estaba impreso lo siguiente:

Nombre y dirección:.......................
SOLUCIÓN: ....
Nombre del asesino:.......................
Arma: ....
Móvil: ....
Lugar y hora:.............................
Razones para llegar a su conclusión:.....

—A todo el que participa en el concurso se le da una de estas tarjetas —explicó el capitán Warburton rápidamente—, así como un cuadernito y un lápiz para apuntar las pistas. Habrá seis. Se va de una a otra, como en la «búsqueda del tesoro», y las armas están escondidas en sitios sospechosos. Aquí está la primera pista: una foto. Todo el mundo empieza con una de estas.

El detective tomó la pequeña foto y, frunciendo el ceño, la estudió. Luego la puso al revés. Seguía desconcertado; Warburton se rio.

—Ingenioso truco fotográfico, ¿verdad? —dijo complacido—. Muy sencillo, una vez que se sabe qué es.

Poirot, que no sabía lo que era, sintió una creciente irritación.

—¿Una especie de ventana atrancada? —sugirió.

—Sí, reconozco que parece un poco eso. Pero no, es un trozo de red de tenis.

—¡Ah! —Poirot contempló de nuevo la fotografía—. Es lo que usted dice. ¡Está clarísimo cuando le han dicho a uno lo que es!

—Depende mucho de cómo se mira —volvió a reír Warburton.

—Esa es una verdad universal.

—La segunda pista se encuentra en una caja, en el centro de la red de tenis. Dentro de ella, está la botella de veneno vacía y un tapón de corcho suelto.

—Solo que —se apresuró a decir la señora Oliver— la botella tiene tapón de rosca, por lo que el corcho es la verdadera pista.

—Ya sé, madame —repuso Poirot—, que es usted muy inteligente, pero no acabo de comprender...

La señora Oliver le interrumpió.

—Ah, claro, es que hay una historia. Como en las revistas...

Se volvió hacia el capitán Warburton.

—¿Tiene usted los prospectos? —dijo.

—Todavía no han venido de la imprenta.

—¡Si los prometieron!

—Lo sé, lo sé. Todo el mundo promete. Estarán esta tarde a las seis. Voy a ir a buscarlos en el coche.

—Ah, muy bien.

La señora Oliver suspiró profundamente y se giró de nuevo hacia Poirot.

—Bueno, entonces tendré que contárselo. Solo que no soy muy buena relatando este tipo de cosas. Es decir, cuando escribo, todo está muy claro, pero, hablando, resulta complicadísimo. Por eso nunca discuto la trama de mis libros con nadie. La experiencia me ha enseñado a no hacerlo; si lo hago, se me quedan mirando sin comprender y dicen: «Ah..., sí, pero no sé qué ocurrió... y ¿cómo va a sacar un libro de todo eso?». Así me animan. Además, no es cierto, ¡porque cuando me pongo a escribir el libro siempre sale!

La señora Oliver hizo una pausa para tomar aliento y luego continuó:

—Bueno, la cosa es como sigue. Hay un joven, Peter Gaye, que es investigador de la energía atómica, y se sospecha que está a sueldo de los comunistas, y se ha casado con esta chica, Joan Blunt. Él cree que su primera mujer falleció, pero resulta que no está muerta, y aparece porque es una agente secreta, o a lo mejor no lo es, es decir, puede que en realidad sea una exploradora... Y la mujer tiene una aventura con otro, y este hombre, Loyola, aparece, o bien para reunirse con Maya, o bien para espiarla, y hay una carta de chantaje que puede ser del ama de llaves, o también puede ser del mayordomo, y el revólver desaparece, y como no se sabe para quién era la carta y la jeringuilla hipodérmica había desaparecido a la hora de cenar y luego se desvaneció...

La señora Oliver hizo una pausa, pues sabía cuál iba a ser la reacción de Poirot.

—Ya lo sé —dijo queriendo mostrarse comprensiva—. Parece muy complicado, pero en realidad no lo es... En mi cabeza, no. Cuando vea usted el folleto, le quedará todo muy claro.

»Y en cualquier caso —concluyó— la trama no importa, en realidad. Quiero decir, no le importa a usted. Lo único que tiene que hacer es entregar los premios, unos premios muy bonitos. El primero es una pitillera de plata en forma de revólver. Y tendrá que decirle al ganador que ha sido inteligentísimo.

Poirot pensó que, sin duda, para resolver el caso había que ser muy inteligente. La verdad es que dudaba mucho que nadie llegara a hacerlo. La trama y la acción del «atrapa al asesino» le parecían envueltas en una niebla impenetrable.

—Bien —dijo el capitán Warburton alegremente, echando una ojeada a su reloj—. Será mejor que me vaya a la imprenta, a recoger eso.

La señora Oliver lanzó un gruñido.

—Si no están listos...

—Sí, seguro que están. He telefoneado. Hasta luego.

Salió de la habitación.

La señora Oliver agarró a Poirot por el brazo y le dijo en un murmullo ronco:

—¿Y bien?

—Y bien... ¿qué?

—¿Ha descubierto usted algo? ¿Ha encontrado algún sospechoso?

El detective replicó en tono ligeramente reprobatorio:

—Todo y todos me parecen completamente normales.

—¿Normales?

—Bueno, puede que esa no sea la palabra adecuada. Lady Stubbs, como usted dice, tiene sin duda algún problema mental, igual que el señor Legge.

—No, al señor Legge no le pasa nada —dijo la señora Oliver con impaciencia—. Solo ha sufrido un ataque de nervios.

Poirot no negó la discutible frase de la señora Oliver; se limitó a aceptarla.

—Todo el mundo parece encontrarse en un estado de gran agitación, excitación, fatiga general e irritabilidad, todo muy típico de esta clase de acontecimientos. Si pudiera usted indicarme...

—¡Chis! —La señora Oliver le cogió nuevamente por un brazo—. Viene alguien.

A Poirot, todo aquello le parecía un melodrama de lo más vulgar; se sentía cada vez más irritado.

En la puerta apareció el agradable rostro de la señorita Brewis.

—Ah, ¿está usted aquí, monsieur Poirot? Le he estado buscando para mostrarle su cuarto.

Le condujo al piso de arriba y luego a lo largo de un pasillo, hasta una habitación grande y ventilada con vistas al río.

—Hay un cuarto de baño enfrente. Sir George habla de poner más cuartos de baño, pero hacerlo supondría quitarles espacio a las habitaciones. Espero que se encuentre cómodo.

—Sí, por supuesto.

Poirot observó el pequeño estante de libros, la lamparita de la mesa de noche y la caja de galletas junto a su cama.

—En esta casa todo parece estar perfectamente organizado. ¿Debo felicitarla a usted o a mi encantadora anfitriona?

—Lady Stubbs emplea todo su tiempo en ser encantadora —dijo la señorita Brewis, con cierta acritud.

—Una joven muy agradable —murmuró Poirot.

—Así es.

—Pero, por lo demás, ¿no es un poco...? —Se detuvo con brusquedad—. *Pardon*. Estoy siendo indiscreto, haciendo comentarios que, posiblemente, no debería hacer.

La señorita Brewis lo observó.

—Lady Stubbs —dijo con sequedad— sabe a la perfección lo que se trae entre manos. Además de ser, como usted dice, una joven encantadora, es muy sagaz.

Dio media vuelta y abandonó la habitación antes de que Poirot saliera de su sorpresa. ¿Conque esa era la opinión de la eficiente señorita Brewis? ¿O lo habría dicho por alguna razón en particular? ¿Y por qué se lo había dicho a él, un recién llegado? ¿Quizá precisamente por ser un recién llegado? Y también por ser extranjero. Hércules Poirot sabía por experiencia que había muchos ingleses que consideraban que no tenía importancia lo que se dijera a los extranjeros.

Frunció el ceño, perplejo, y se quedó mirando con expresión distraída la puerta por donde había salido la señorita Brewis. Luego se dirigió a la ventana y miró a través de ella. Lady Stubbs salía de la casa con la señora Folliat; se quedaron hablando durante unos segundos junto a la gran magnolia. A continuación, la señora Folliat se despidió con un gesto de la cabeza, cogió su cesta y sus guantes de jardinería, y bajó la avenida a paso ligero. Lady Stubbs la observó durante un momento; luego, distraída, arrancó una flor, la olió y empezó a bajar despacio el camino que, a través de los árboles, conducía al río. Antes de desaparecer de la vista de Poirot, miró por encima de su hombro. Desde detrás de la magnolia surgió discretamente Michael Weyman, que, tras hacer una pausa y vacilar unos instantes, siguió a la silueta alta y esbelta a través de los árboles.

Era un joven apuesto y dinámico, pensó Poirot. Y, sin lugar a dudas, con una personalidad mucho más atractiva que la de sir George Stubbs...

Y, bueno, aunque así fuera, ¿qué? En la vida, siempre sucedían cosas como aquella. Un marido poco atractivo, de mediana edad, rico; una esposa joven y hermosa, inteligente o tonta; un joven atractivo e impresionable... ¿Qué había en todo aquello para obligar a la señora Oliver a llamarle por teléfono tan perentoriamente? Cierto, aquella mujer tenía mucha imaginación, pero...

«Pero, al fin y al cabo —se dijo Poirot—, yo no soy un consejero matrimonial ni nadie a quien pedir ayuda en caso de adulterio.»

¿Estaba en lo cierto la señora Oliver cuando decía que algo andaba mal? Era una mujer de mente extraordinariamente confusa, y Poirot no se explicaba cómo se las arreglaba para escribir libros coherentes. Y, sin embargo, a pesar de esa confusión mental, a veces le sorprendía su capacidad de intuición.

—Queda poco tiempo..., muy poco —murmuró para sí—. ¿Andará algo mal aquí, tal como cree madame Oliver? Me inclino a creer que sí. Pero ¿qué? ¿Quién podría ilustrarme? Necesito saber más, mucho más, sobre la gente de la casa. ¿A quién puedo preguntar?

Tras reflexionar un momento, cogió el sombrero (nunca se arriesgaba a enfrentarse al aire de la noche con la cabeza descubierta) y se apresuró a salir de su habitación y bajar la escalera. Oyó a lo lejos el aullido autoritario de la señora Masterton. Más cerca, la voz de sir George se alzó cariñosa:

—Ese velo es de lo más favorecedor. Me gustaría tenerte en mi harén, Sally. Mañana estaré mucho rato haciendo que me leas el porvenir con todo detalle. Qué me vas a decir, ¿eh?

Hubo una pequeña refriega y Sally Legge dijo con voz entrecortada:

—George, no debe usted hacer eso.

Poirot alzó las cejas y se escabulló por una puerta lateral, que le resultó muy oportuna. Se marchó a toda velocidad por un sendero lateral que, según le indicaba su sentido de orientación, desembocaba en la calzada principal.

Su maniobra tuvo el éxito esperado y le permitió, jadeando un poco, salir al paso a la señora Folliat y coger galantemente su cesta de jardinería.

—¿Me permite, madame?

—¡Ah, gracias, monsieur Poirot, es usted muy amable! Pero no pesa.

—Permítame que se la lleve hasta su casa. ¿Vive usted cerca?

—En realidad, vivo en la casita del guarda, junto a la puerta principal de la finca. Sir George ha tenido la amabilidad de alquilármela.

La casa del guarda, que estaba junto al que había sido

su antiguo hogar... Poirot se preguntó cuáles serían los sentimientos de la señora Folliat sobre el asunto. Su compostura era tan perfecta que no supo qué pensar. Cambió de tema:

—Lady Stubbs es mucho más joven que su marido, ¿verdad que sí?

—Veintitrés años.

—Es muy atractiva físicamente.

La señora Folliat dijo en voz baja:

—Hattie es una buena chica.

No era la respuesta que Poirot esperaba.

—La conozco muy bien, ¿sabe? —continuó la señora Folliat—. Durante cierto tiempo estuvo bajo mi cuidado.

—No lo sabía.

—¿Cómo iba usted a saberlo? Es una historia triste, en cierto sentido. Su familia tenía plantaciones de azúcar en las Indias Occidentales. A consecuencia de un temblor de tierra, la casa quedó destruida por el fuego, y sus padres y sus hermanos murieron. Hattie estaba en un convento en París. Se quedó sin ningún pariente cercano. Los albaceas testamentarios consideraron adecuado que, después de haber pasado cierto tiempo en el extranjero, viviera con una señora que la presentara en sociedad. Yo acepté hacerme cargo de ella. —Hizo una pausa y luego añadió con una sonrisa satírica—: Cuando se presenta la ocasión, sé ponerme elegante y, como es natural, tenía buenas relaciones. Por cierto, el difunto gobernador había sido íntimo amigo nuestro...

—Naturalmente, madame, lo comprendo.

—Me vino muy bien... Estaba pasando una mala temporada. Mi marido había muerto muy poco antes de estallar la guerra. Mi hijo mayor, que estaba en la Armada, se hundió con su barco; mi hijo menor, que había estado en Kenia, volvió, se metió en los comandos y lo mataron en Italia. Aquello implicó que me viera obligada a pagar tres veces seguidas los impuestos de sucesiones, de modo que tuve que poner esta casa en venta. Yo andaba muy mal de dinero y me alegré, además, de tener una chica joven a quien cuidar y con quien viajar. Le cogí mucho cariño a Hattie. Puede que la quisiera aún más porque, según pronto tuve ocasión de apreciar, no era..., ¿cómo diría?, no era capaz de valerse por sí misma. Compréndame, monsieur Poirot, Hattie no tiene una discapacidad mental, pero es lo que la gente del campo llamaría «simple». Se la embauca con suma facilidad, es demasiado dócil y cualquiera podría influir sobre ella. En mi opinión, el hecho de no tener apenas dinero ha sido una enorme suerte para ella. Con una gran fortuna, puede que su posición hubiera sido mucho más difícil. Los hombres siempre la han encontrado atractiva y, con una naturaleza afectuosa como la suya, habría sido muy fácil captar su voluntad e influir sobre ella... Sin duda, necesitaba que alguien la cuidara. Cuando después de la liquidación final de las propiedades de sus padres se descubrió que la plantación había quedado destruida y que había más deudas que capital, me pareció magnífico que un hombre como sir George Stubbs se enamorara de ella y quisiera tomarla como esposa.

—Posiblemente..., sí..., era una solución.

—Sir George —dijo la señora Folliat—, a pesar de su origen humilde y, digámoslo sin rodeos, del todo vulgar, es un hombre bueno y decente; además, es extraordinariamente rico. No creo que haya pensado nunca en buscar una esposa que fuera su compañera intelectual, lo cual no deja de ser una ventaja. Hattie es justo lo que él quiere. Sabe lucir a la perfección vestidos y joyas, es afectuosa y solícita y completamente feliz con él. Confieso que estoy contenta de que así sea, porque he de admitir que he influido sobre ella a sabiendas para que lo aceptara como marido. Si hubiera resultado mal —su voz tembló—, habría sido culpa mía, porque yo la insté a que se casara con un hombre mucho mayor que ella. Como le he dicho, Hattie es una muchacha dúctil. Cualquiera que esté a su lado puede dominarla a su antojo.

—Me parece —dijo Poirot— que el arreglo que usted ha hecho ha sido muy prudente. Yo tampoco soy una persona romántica. Para conseguir un buen matrimonio, hay que tener en cuenta otras cosas, además del amor. —Y añadió—: En cuanto a este lugar, Nasse-House, es maravilloso. Según la conocida expresión, no parece de este mundo.

—Puesto que había que vender Nasse —dijo la señora Folliat, a quien volvió a temblarle un poco la voz—, me alegro de que lo haya comprado sir George. Durante la guerra estuvo requisada por el ejército, y después, al venderla, podría haberse convertido en una casa de huéspedes o una escuela, con los cuartos divididos, lo que los habría privado de sus bellas proporciones. Nuestros vecinos, los Fletcher, de Hoodown, tuvieron que vender su casa, y ahora es un albergue juvenil. Claro, una se alegra de que la gente joven disfrute, y, después de todo, Hoodown no es muy antiguo, es del último periodo victoriano; no tiene gran mérito arquitectónico, por fortuna, y no importa que su estructura se vea alterada. Lo malo es que algunos de esos jóvenes entran clandestinamente en nuestra finca. Es algo que a sir

George le saca de quicio. Bien es cierto que en algunas ocasiones sus patadas han acabado estropeando algunos de sus raros arbustos... Entran aquí tratando de encontrar un atajo hasta el transbordador que cruza el río.

Se hallaban junto a la entrada principal de la finca. La casa del guarda, un pequeño edificio blanco de un solo piso, estaba un poco separada de la avenida y rodeada por un pequeño jardín, protegido por una valla.

La señora Folliat volvió a coger la cesta y le dedicó a Poirot unas palabras de agradecimiento.

—Siempre le he tenido mucho cariño a esta casita —dijo mirándola con afecto—. Merdell, que durante treinta años fue nuestro jardinero principal, vivía aquí. Aunque sir George la haya ampliado y modernizado, y por ello haya perdido algo de su encanto, esta me gusta mucho más que la casa de arriba. Hubo que reformarla. Ahora, nuestro jardinero principal es un muchacho joven, con una esposa joven..., y necesitan sus planchas eléctricas y sus ollas modernas y su televisión... Todas esas cosas. Hay que adaptarse a los tiempos... —Suspiró—. Casi no queda nadie en la finca que me recuerde a los viejos tiempos. Todos son caras nuevas.

—Me alegro, madame —comentó Poirot—, de que, por lo menos, haya encontrado un refugio.

—¿Conoce usted los versos de Spenser? «El sueño tras la faena, el puerto tras la tormenta, la paz después de la guerra, y tras la vida, la muerte, satisfacen plenamente...»* —Hizo una pausa y, sin cambiar de entonación,

* Hemos traducido libremente los versos, que dicen en el original: «*Sleeps after toyle, port after stormy seas. Ease after war, death after life, does greatly please...*». *(N. de la t.)*

añadió—: Este es un mundo muy malo, monsieur Poirot. Y hay gente muy mala en él. Probablemente, usted lo sabe tan bien como yo. Nunca diría estas cosas delante de los jóvenes porque no quiero desalentarlos, pero es cierto... Sí, este es un mundo muy malo.

Le hizo con la cabeza un gesto de despedida, luego se volvió y entró en la casa. Poirot permaneció inmóvil, con la vista clavada en la puerta cerrada.

Capítulo 5

I

Sintiéndose con ánimo de hacer una excursión, Poirot cruzó la verja y bajó a la carretera, empinada y serpenteante, que desembocaba poco después en un pequeño embarcadero. Había una gran campana con una cadena y un letrero que decía: PARA LLAMAR AL BOTE. Junto al embarcadero vio varios botes amarrados. Un hombre muy viejo, con los ojos llenos de legañas, que se recostaba contra un poste, se acercó a Poirot arrastrando los pies.

—¿Necesita usted el ferry, señor?

—No, gracias. Vengo de Nasse-House, dando un paseo.

—Ah, ¿está usted en Nasse? Allí trabajé yo de muchacho..., y mi hijo fue el jardinero principal. Pero yo me ocupaba de los botes. Al viejo señor Folliat le encantaban los botes. Salía hiciera el tiempo que hiciese. ¡Ya lo creo! En cambio, a su hijo, el comandante..., a ese no le importaban en absoluto. Caballos, esa era su única pasión. Y se gastó en ellos un buen puñado de billetes. En eso y en la botella... ¡Menuda vida le dio a su mujer! A lo mejor la ha visto usted... Ahora vive en la casa del guarda.

—Sí, acabo de dejarla allí ahora mismo.

—Ella también es Folliat, prima segunda por parte de los Tiverton. Es una gran jardinera. Todos esos arbustos llenos de flores los ha plantado ella. Incluso cuando la guerra, cuando ocuparon la casa y los dos jóvenes caballeros se fueron al frente, seguía cuidando los arbustos y no dejó que se echaran a perder.

—Fue una gran desgracia que le mataran a sus dos hijos.

—Sí, entre unas cosas y otras ha tenido una vida muy dura. Sufrió disgustos con su marido y también con el joven caballero. No con el señor Henry. Ese era todo lo agradable que se puede pedir; salió a su abuelo, le gustaba ir en bote y se fue a la Armada, como era de cajón, pero el señorito James, ese le dio muchos disgustos. Tenía deudas, líos de faldas y, además, un genio endiablado. Era uno de esos que no pueden dejar de meterse en líos. Pero la guerra le vino bien. Por así decirlo, le dio su oportunidad. ¡Ah! Hay muchos que no pueden dejar de meterse en líos en tiempos de paz y que luego mueren en la guerra como unos valientes.

—Así pues —comentó Poirot—, ahora ya no hay ningún Folliat en Nasse.

La verborrea del viejo cesó bruscamente.

—Si usted lo dice, señor...

Poirot lo miró con curiosidad.

—En cambio, tienen ustedes a sir George Stubbs. ¿Qué se opina de él en la localidad?

—Se dice que es millonario —contestó el viejo en tono jocoso.

—¿Y su esposa? —preguntó con indiferencia Poirot.

—Ah, es una señora muy guapa, de Londres. De jardines no entiende nada. Dicen también que anda un poco mal de aquí. —Se dio unos golpecitos en la sien—. No es que no sea siempre muy agradable hablando ni muy cariñosa. Hace poco más de un año que están aquí. Compraron la casa y la reformaron por completo. Recuerdo como si fuera hoy cuando llegaron. Era por la noche, al día siguiente de la peor tormenta que recuerdo haber visto en mi vida. Por todas partes había árboles derrumbados. Uno estaba atravesado en la calzada y tuvimos que serrarlo a toda prisa para que el camino quedara libre y el coche pudiera pasar. Y el gran roble de allá arriba se cayó y arrastró con él a otros muchos; menudo jaleo se armó.

—Ah, sí, donde está ahora el templete, ¿no?

El viejo se echó a un lado y escupió mostrando su disgusto.

—Sí, templetes, tonterías modernistas. Nunca hubo templete en tiempos de los viejos Folliat. Eso del templete fue idea de la señora. No hacía ni tres semanas que estaban aquí cuando lo levantaron, y seguro que fue ella la que convenció a sir George. Es de lo más ridículo, ahí en medio de los árboles como si fuera un templo de judíos. Un cenador rústico con cristales de colores ya sería otra cosa.

Poirot esbozó una sonrisa.

—Las señoras de Londres tienen sus caprichos —dijo—. Es triste que la época de los Folliat se acabara.

—No lo crea, señor. —El viejo soltó una risita astuta—. Siempre habrá algún Folliat en Nasse-House.

—Pero la casa pertenece a sir George Stubbs.

—Eso puede ser, pero todavía hay un Folliat aquí. ¡Ah! ¡Menudos son los Folliat!

—¿Qué quiere usted decir?

El viejo le miró de reojo con una expresión llena de malicia.

—La señora Folliat está viviendo en la casa del guarda, ¿no? —preguntó.

—Sí —respondió Poirot con lentitud—. Madame Folliat vive en la casa del guarda, y este es un mundo muy malo y toda la gente de este mundo es muy mala.

El viejo se le quedó mirando fijamente.

—¡Ah! —dijo—. Puede ser que tenga usted razón.

Y se alejó de nuevo, arrastrando los pies.

—Sí, pero ¿de qué me sirve? —se preguntó Poirot irritado mientras subía despacio la cuesta en dirección a la casa.

II

Hércules Poirot se aseó meticulosamente, aplicándose una pomada perfumada sobre el bigote y retorciéndoselo hasta darle un aspecto feroz. Se contempló en el espejo y quedó satisfecho de lo que vio.

Se oyó sonar un gong y bajó la escalera.

El mayordomo, después de una actuación de lo más artística *(crescendo, forte, diminuendo, rallentando)*, colocó en el gancho correspondiente el palillo del gong. Su cara morena y melancólica tenía una expresión de placer.

Poirot pensó: «Una carta de chantaje del ama de llaves... o acaso del mismo mayordomo...». Aquel mayordomo daba la impresión de no haber hecho otra cosa en su vida más que escribir esa clase de cartas. Poirot se preguntó si la señora Oliver habría copiado sus personajes de la vida real.

La señorita Brewis cruzó el vestíbulo. Llevaba un vestido de terciopelo floreado que la favorecía muy poco. Poirot se acercó a ella y le preguntó:

—¿Tienen ustedes ama de llaves?

—Oh, no, monsieur Poirot. Por desgracia, en estos tiempos no puede uno permitirse tales lujos, salvo en casas verdaderamente grandes. No, yo soy el ama de llaves de esta casa..., más ama de llaves que secretaria, algunas veces.

Soltó una risita agria.

—¿De modo que es usted el ama de llaves? —El detective la observó pensativo.

No podía imaginarse a la señorita Brewis escribiendo una carta de chantaje. Eso sí..., una carta anónima..., bueno..., eso era otra cosa. Había sabido de cartas anónimas escritas por mujeres parecidas a la señorita Brewis, mujeres fuertes, dignas de confianza, de las que nadie hubiera sospechado.

—¿Cómo se llama el mayordomo? —preguntó.

—Henden.

La señorita Brewis parecía un poco sorprendida. Poirot se explicó con rapidez:

—Lo pregunto porque me parece que lo he visto antes en alguna parte.

—Es muy probable —dijo la señorita Brewis—. Ese tipo de personas no suelen estar en una casa más de cuatro meses. Pronto acaban pasando por todas las casas de Inglaterra. Después de todo, hoy en día, no hay mucha gente que pueda permitirse el lujo de tener mayordomos o cocineras.

Entraron en el salón, donde sir George, que resultaba poco natural dentro de su traje de etiqueta, ofrecía jerez a sus invitados. La señora Oliver, vestida de raso color gris acero, parecía un barco de guerra antiguo, y lady Stubbs inclinaba su cabeza morena sobre el *Vogue*, observando las últimas novedades del mundo de la moda.

—Se nos presenta una velada de lo más movida —les advirtió—. Nada de *bridge* esta noche. Todos a la obra. Todavía hay que hacer una serie de letreros..., y uno grande para la adivina. ¿Qué nombre le pondremos? ¿Madame Zuleika? ¿Esmeralda? ¿O Romany Leigh, la Reina de los Gitanos?

—Me inclino por darle un toque oriental —dijo Sally—. En las regiones agrícolas, todo el mundo odia a los gitanos. Zuleika suena bien. Pensaba que Michael pintaría una serpiente.

—Entonces Cleopatra, no Zuleika, ¿no les parece?

Henden apareció en la puerta.

—La cena está servida, señora.

Entraron en el comedor. Había velas en la larga mesa. La habitación estaba llena de sombras.

Warburton y Alec Legge se sentaron uno a cada lado de su anfitriona. Poirot se encontraba entre la señora Oliver y la señorita Brewis. Esta última estaba enfrascada en una animada conversación general sobre los preparativos para el día siguiente.

La señora Oliver cavilaba, abstraída, y apenas hablaba.

Cuando finalmente rompió el silencio, fue para dar una explicación bastante contradictoria:

—No se preocupe por mí —le dijo a Poirot—. Trato de recordar si me habré olvidado de algo.

Sir George se rio de buena gana.

—El error fatal, ¿verdad? —observó.

—Exacto —dijo la señora Oliver—. Siempre hay un error fatal. Algunas veces uno no se da cuenta hasta que el libro está ya impreso. Y, entonces, ¡qué desesperación! —Su rostro expresó la emoción de la que hablaba. Suspiró—. Lo curioso es que la mayoría de la gente ni se da cuenta. Yo me digo: «Naturalmente, la cocinera tendría que haber notado que no se habían comido dos de las chuletas». Pero nadie más que yo se da cuenta.

—Me fascina usted. —Michael Weyman se inclinó hacia ella a través de la mesa—: «El misterio de las dos chuletas». Por favor, por favor, no lo explique usted. Pensaré en ello en el baño.

La señora Oliver le dirigió una sonrisa distraída y se sumió de nuevo en sus preocupaciones.

Lady Stubbs también estaba silenciosa. De cuando en cuando, bostezaba. Warburton, Alec Legge y la señorita Brewis hablaban sin tenerla en cuenta.

Cuando salían del comedor, lady Stubbs se detuvo junto a la escalera.

—Me voy a la cama —anunció—. Tengo mucho sueño.

—¡Oh, lady Stubbs! —exclamó la señorita Brewis—. ¡Hay tanto que hacer! Contábamos con que nos ayudara.

—Sí, lo sé —dijo lady Stubbs—, pero me voy a la cama.

Habló con la satisfacción de una niña pequeña.

Volvió la cabeza hacia sir George, que salía del comedor.

—Estoy cansada, George. Me voy a la cama. ¿Te importa?

Él se acercó a ella y le dio unas palmaditas cariñosas en el hombro.

—Vete a la cama, a dormir tu sueño reparador, Hattie. Mañana tienes que estar fresca.

La besó ligeramente y ella subió la escalera, saludando con la mano y diciendo:

—Buenas noches a todos.

Sir George se quedó mirándola, sonriendo. La señorita Brewis inspiró hondo y se volvió con brusquedad para marcharse.

—Vamos, todos —dijo con una alegría forzada que sonaba a falsa—. Tenemos que trabajar.

Poco después, cada uno se dedicaba a su tarea. Como la señorita Brewis no podía estar en todas partes al mismo tiempo, pronto algunos empezaron a escabullirse. Michael Weyman adornó un cartel con una serpiente de una magnífica ferocidad y con las palabras MADAME ZULEIKA LE ADIVINARÁ EL PORVENIR, pero luego desapareció discretamente. Alec Legge hizo unas cuantas cosas sin importancia, y a continuación se marchó, diciendo que iba a medir las distancias para el juego de anillas, pero no regresó. Las mujeres, como siempre, trabajaron con energía y a conciencia. Hércules Poirot siguió el ejemplo de su anfitriona y se acostó temprano.

III

A la mañana siguiente, Poirot bajó a desayunar a las nueve y media. El desayuno era de los tradicionales, esto es, una serie de platos preparados en un calentador eléctrico. Sir George estaba devorando un desayuno inglés completo, a base de huevos revueltos, tocino y riñones. La señora Oliver y la señorita Brewis tomaban una variación de este. Michael Weyman comía jamón frío. Lady Stubbs era la única que despreciaba los apetitosos platos y mordisqueaba una fina tostada mientras bebía café a pequeños sorbos. Llevaba un gran sombrero rosa pálido totalmente fuera de lugar.

El correo había llegado hacía escasos minutos. La señorita Brewis tenía enfrente de ella un enorme montón de cartas, que iba clasificando con rapidez en montoncitos. Las que iban dirigidas personalmente a sir George se las pasaba a él. Ella misma abría las otras y las clasificaba por categorías.

Lady Stubbs tenía tres cartas. Abrió dos, evidentemente dos facturas, y las apartó. Luego abrió la tercera y profirió:

—¡Oh!

La exclamación expresaba tal sobresalto que todos los rostros se volvieron hacia ella.

—Es de Étienne —dijo—, de mi primo Étienne. Viene hacia aquí en yate.

—Déjame ver, Hattie. —Sir George alargó la mano.

Ella le pasó la carta por encima de la mesa y él extendió la hoja y la leyó.

—¿Quién es este Étienne de Sousa? ¿Un primo tuyo, dices?

—Eso creo. Un primo segundo. No lo recuerdo muy bien..., casi nada. Era...

—¿Era qué, querida?

Ella se encogió de hombros.

—No importa. De todo eso hace mucho tiempo. Yo era una chiquilla.

—Y me imagino que no puedes recordarlo muy bien. Pero, por supuesto, tenemos que recibirlo como es debido —dijo sir George con cordialidad—. En cierto sentido, es una pena que la fiesta sea hoy, pero lo invitaremos a comer. ¿No te parece que podríamos hospedarlo aquí una noche o dos y enseñarle algo del país?

En aquellos momentos, sir George era el hospitalario campesino.

Lady Stubbs no añadió nada. Se quedó con la vista fija en su taza de té.

La conversación derivó inevitablemente en el tema de la fiesta; solo Poirot permaneció aparte, observando la figura delgada y exótica que presidía la mesa. Se preguntaba qué le preocuparía. En aquel preciso instante lady Stubbs levantó los ojos y dirigió un rápido vistazo al lugar donde él se sentaba. Era una mirada aguda y calculadora que lo sobresaltó. Al encontrarse los ojos de ambos, la expresión aguda desapareció del rostro de lady Stubbs, sustituida por la vaguedad habitual. Pero la otra mirada había estado allí, fría, calculadora, vigilante...

¿O lo había imaginado? En cualquier caso, ¿no era cierto que las personas con cierta tara mental tenían una especie de malicia o astucia que algunas veces sorprendía incluso a sus más allegados?

Se dijo que lady Stubbs era un verdadero enigma. Todo el mundo parecía tener ideas diametralmente opuestas sobre ella. La señorita Brewis había declarado que lady Stubbs sabía muy bien lo que hacía. Sin embargo, la señora Oliver la consideraba, sin el menor atisbo de duda, una persona discapacitada; y la señora Folliat, que la conocía íntimamente y desde hacía mucho tiempo, había hablado de ella como de una persona no del todo normal, necesitada de cuidados y vigilancia.

Era probable que la señorita Brewis tuviera cierta predisposición contra ella. La indolencia y la actitud distante de lady Stubbs le desagradaba. Poirot se preguntó si la señorita Brewis ya era secretaria de sir George antes de su matrimonio. En caso afirmativo, era fácil que le hubiera disgustado la implantación de un nuevo régimen.

Por su parte, Poirot habría coincidido plenamente con la señora Folliat y la señora Oliver... hasta aquella mañana. Y, después de todo, ¿podía dar crédito a lo que había sido una impresión momentánea?

Lady Stubbs se levantó de la mesa con brusquedad.

—Me duele la cabeza —dijo—; voy a echarme un rato.

Sir George se puso en pie de un salto.

—Hattie, querida, no estarás enferma, ¿verdad? —preguntó.

—No, solo me duele la cabeza.

—Estarás bien para esta tarde, ¿verdad?

—Sí, creo que sí.

—Tome una aspirina, lady Stubbs —dijo la señorita Brewis vivamente—. ¿Tiene usted una o se la traigo?

—Tengo.

Fue hacia la puerta. Al hacerlo se le cayó el pañuelo que había estado estrujando entre las manos. Poirot se adelantó y lo cogió con discreción.

Sir George estaba a punto de seguir a su esposa, pero la señorita Brewis lo detuvo.

—Quería hablarle del aparcamiento de coches, sir George. Voy a darle instrucciones a Mitchell. ¿Cree que lo mejor sería, como usted ha dicho...?

Poirot salió de la habitación y no oyó más.

Alcanzó a su anfitriona en la escalera.

—Madame, se le ha caído esto.

Le ofreció el pañuelo, inclinándose.

Ella lo tomó, indiferente.

—¿Sí? Gracias.

—Siento muchísimo, madame, que no se encuentre usted bien. Sobre todo, ahora que viene su primo.

Ella contestó rápidamente, casi con violencia:

—No quiero ver a Étienne. No me gusta. Es malo. Siempre fue malo. Le tengo miedo. Hace cosas malas.

La puerta del comedor se abrió y sir George cruzó el vestíbulo y subió la escalera.

—Hattie, pobrecita mía. Deja que suba y te arrope.

Subieron juntos. Él la rodeaba con su brazo; tenía una expresión preocupada y absorta.

Poirot los siguió con la vista. Al volverse, se encontró con la señorita Brewis, que andaba muy apresurada llevando unos papeles.

—El dolor de cabeza de lady Stubbs... —empezó Poirot.

—¡Qué dolor de cabeza ni qué narices! —tronó airada la señorita Brewis, que desapareció en su despacho, cerrando la puerta tras de sí.

Poirot suspiró y salió a la terraza por la puerta principal. La señora Masterton acababa de llegar en un coche pequeño y dirigía la operación de montar la gran tienda donde habría de servirse el té, dando órdenes con su profunda y vigorosa voz, tan semejante a un aullido.

Se volvió para saludar a Poirot.

—Todas estas cosas son un engorro —observó—. Y lo ponen todo donde no deben. ¡No, Rogers! ¡Más a la izquierda..., izquierda, no derecha! ¿Qué opina usted del tiempo, monsieur Poirot? Yo no lo veo nada claro. Y la lluvia, por supuesto, lo echaría todo a perder. De todos modos, este año hemos tenido un buen verano, para variar. ¿Dónde está sir George? Debo hablarle sobre todo del aparcamiento de los coches.

—A su mujer le dolía la cabeza y se ha ido a acostar.

—Por la tarde estará bien —repuso la señora Masterton—. Le gustan los acontecimientos sociales, ¿sabe? Se pondrá un vestido estupendo y estará con él tan contenta como una niña. ¿Quiere acercarme esas estacas? Me gustaría marcar los sitios para los números del golf de reloj.

Poirot, empujado de aquel modo al servicio activo, fue utilizado sin piedad por la señora Masterton como un útil aprendiz. En los pequeños descansos de aquel duro trabajo, ella tuvo la condescendencia de hablarle.

—Tiene una que hacerlo todo. No hay más remedio... Por cierto, es usted amigo de los Elliot, ¿no?

Poirot, después de su larga estancia en Inglaterra, sabía muy bien que aquellas palabras indicaban que se le admitía en sociedad. Era como si la señora Masterton dijera: «Aunque extranjero, es usted uno de nosotros».

Continuó charlando en tono confidencial:

—Es agradable ver que Nasse vuelve a la vida. ¡Teníamos todos tanto miedo de que se convirtiera en un hotel! Ya sabe usted lo que pasa en estos tiempos: va uno por el campo y todo son lugares con el letrero CASA DE HUÉSPEDES, HOTEL PARTICULAR, HOTEL AUTORIZADO PARA DESPACHAR BEBIDAS ALCOHÓLICAS... Todas las casas donde una ha pasado temporadas de niña y adonde ha ido a fiestas. Muy triste. Sí, me alegro de la suerte de Nasse, y la pobre Amy Folliat también se alegra, por supuesto. ¡Ha tenido una vida tan dura! Pero nunca se queja. Sir George ha hecho maravillas en Nasse y no lo ha convertido en un sitio vulgar. No sé si esto será influencia de Amy Folliat o un buen gusto natural. Porque posee muy buen gusto, ¿sabe? Es algo muy raro en un hombre como él.

—Tengo entendido que no procede de una familia de terratenientes... —dijo Poirot con precaución.

—Ni siquiera tiene derecho al título de sir, sino que es una especie de apodo. Resulta de lo más divertido. Por descontado, nunca hablamos de eso. A los hombres ricos hay que permitirles sus pequeños esnobismos, ¿no le parece? Y lo gracioso es que, a pesar de su origen, George Stubbs sería aceptado en cualquier sitio. Es un producto de otros tiempos, el correcto hacendado del siglo XVIII. Debe de ser buena sangre. El padre, un caballero, y la madre, una camarera. Así lo veo yo. —Se interrumpió para gritarle a un jardinero—: Junto a los rododendros no. Tiene que dejar sitio para los bolos. ¡A la derecha, no a la izquierda! —Y volviéndose hacia el detective, continuó—: Es extraordinario cómo confunden la izquierda con la derecha. Brewis es una mujer eficiente. Pero no le tiene nada de simpatía a la pobre Hattie. Algunas veces la mira como si quisiera asesinarla. Muchas de estas buenas secretarias están enamoradas de sus jefes. ¿Dónde cree usted que habrá ido Jim Warburton? Es una tontería que se empeñe en seguir llamándose a sí mismo «capitán». No es un soldado regular y nunca vio de cerca a un alemán. Por supuesto, uno tiene que conformarse con lo que puede encontrarse en estos tiempos, y es muy trabajador, pero me resulta algo sospechoso. ¡Ah! Aquí están los Legge.

Sally Legge, vestida con pantalones y un jersey amarillo, dijo alegremente:

—Venimos a ayudar.

—¡Hay mucho que hacer! —tronó la señora Masterton—. Esperen que piense...

Poirot, aprovechándose de su distracción, se escabulló. Al volver la esquina de la casa y desembocar en la terraza de enfrente, se convirtió en espectador de un nuevo drama.

Dos chicas, con pantaloncitos cortos y blusas en tonos llamativos, habían salido del bosque y, algo indecisas, miraban hacia la casa. Le pareció reconocer en una de ellas a la chica italiana a quien habían llevado en el coche el día anterior. Sir George, asomándose a la ventana del cuarto de lady Stubbs, se dirigía a ellas, airadamente:

—¡Están ustedes en una propiedad privada! —gritó.

—¿Por favor? —dijo la joven del pañuelo verde.

—No pueden ustedes pasar por aquí. Es privado.

La otra chica, que llevaba un pañuelo azul eléctrico, dijo con alegría:

—¿Por favor? ¿El muelle de Nassecombe? —Pronunció el nombre con mucho cuidado—. ¿Es por aquí? —continuó—. ¿Por favor?

—¡Están ustedes en una propiedad privada! —vociferó sir George.

—¿Por favor?

—¡Propiedad privada! No se puede pasar. Tienen ustedes que volver atrás. ¡Volver atrás! Por donde han venido.

Ellas lo miraban de hito en hito mientras gesticulaba. Luego se consultaron con un torrente de palabras extranjeras. Por último, indecisa, la del pañuelo azul dijo:

—¿Volver? ¿Al albergue?

—Eso es. Y cojan ustedes la carretera..., carretera..., allí.

Se fueron de mala gana. Sir George se enjugó la frente y bajó la vista hacia Poirot.

—Me paso el tiempo echando a gente —dijo—. Antes entraban por la puerta de arriba, pero la he cerrado con un candado. Ahora entran por el bosque, saltando la valla. Creen que pueden llegar con facilidad al río y al muelle por este camino. Bueno, y tienen razón. Pero no está permitido pasar, es una propiedad privada. Y casi todos son extranjeros, no entienden lo que se les dice, y le contestan a uno chapurreando en holandés o algo por el estilo.

—De esas dos, una es alemana y la otra es italiana, creo. Ayer vi a la italiana cuando venía de la estación.

—Hablan todos los idiomas imaginables... Hattie..., ¿qué decías?

Se retiró a la habitación.

Poirot se volvió para encontrarse con que muy cerca de él estaban la señora Oliver y una chica de unos catorce años, muy desarrollada, vestida con uniforme de exploradora.

—Esta es Marlene —dijo la señora Oliver.

Marlene contestó a la presentación con un ruido gangoso. Poirot se inclinó educadamente.

—Es la víctima —anunció la señora Oliver.

Marlene soltó una risita.

—Yo soy el horrible cadáver —dijo—, pero no voy a estar cubierta de sangre. —Su voz expresaba desilusión.

—¿No?

—No. Me estrangulan con una cuerda, eso es todo.

Me hubiera gustado que me apuñalaran y me echaran mucha pintura encima.

—El capitán Warburton pensó que podría resultar demasiado realista —apuntó la señora Oliver.

—En un asesinato, yo creo que debe de haber sangre —decía Marlene, enfadada. Miró a Poirot con interés morboso—. Han visto ustedes muchos crímenes, ¿verdad? Eso dice ella.

—Uno o dos —dijo Poirot con modestia.

Observó, alarmado, que la señora Oliver se marchaba.

—¿Algún maniaco? —preguntó Marlene con avidez.

—No.

—Me gustan los maniacos —dijo Marlene con deleite—. Quiero decir, leer cosas sobre ellos y... recrearme.

—Lo más probable es que no te gustara encontrarte con uno a solas.

—Bueno, no sé. ¿Le digo una cosa? Creo que por aquí tenemos a un maniaco. En cierta ocasión, mi abuelo vio un cadáver en los bosques. Tuvo miedo y echó a correr; cuando volvió, ya no estaba. Era un cadáver de mujer. Pero eso sí, está como un cencerro; mi abuelo, quiero decir, y nadie hace caso de lo que dice.

Poirot se las apañó para escaparse y, dando un rodeo, llegó a la casa y se refugió en su habitación. Necesitaba descansar.

Capítulo 6

El almuerzo consistió en unos fiambres, engullidos temprano y a toda prisa. A las dos y media, una estrella de cine de segunda fila inauguraba la fiesta. El tiempo, después de amenazar lluvia, empezaba a mejorar. A las tres de la tarde, la fiesta estaba en su apogeo. Eran muchas las personas que habían pagado la media corona de la entrada. Del albergue juvenil llegaban grupos de estudiantes que conversaban ruidosamente en lenguas extranjeras. Tal como había pronosticado la señora Masterton, lady Stubbs había salido de su cuarto unos segundos antes de las dos y media, luciendo un vestido color rosa y un enorme sombrero chino de paja negra. Llevaba encima muchos diamantes.

La señorita Brewis murmuró sardónica:

—¡Se cree que está en el recinto real de Ascot!

Pero Poirot la felicitó solemnemente.

—Lleva usted un modelo precioso, madame.

—Es bonito, ¿verdad? Es el que llevé en Ascot.

Cuando la artista de cine llegó, Hattie se adelantó a saludarla.

Poirot se retiró a un segundo plano. Se dedicó a dar

vueltas sin rumbo, pensando con melancolía que todo parecía desarrollarse según lo normal en aquel tipo de fiestas. Había un puesto para practicar el tiro al blanco, presidido por sir George, que estaba de mejor humor; un juego de bolos y uno de anillas; tenderetes donde se exhibían productos locales como frutas, verduras, mermeladas y pasteles, así como tiendas con objetos de fantasía; se rifaban dulces, cestas de fruta y hasta un cerdo; y había también una bolsa de la suerte para niños a dos peniques la unidad.

Ya se había reunido una gran multitud y empezó el concurso infantil de baile. Poirot no vio ni rastro de la señora Oliver, pero entre la muchedumbre divisó el vestido color rosa de lady Stubbs, que andaba como a la deriva. El centro de la atención general, sin embargo, parecía ser la señora Folliat. Había cambiado por completo de aspecto. Con su foulard azul hortensia y su elegante sombrero gris, parecía presidir la fiesta, saludando a los recién llegados y acompañando a la gente a las distintas atracciones.

Poirot se quedó cerca de ella y escuchó algunas palabras.

—Amy, querida, ¿cómo estás?

—Ah, Pamela, os agradezco mucho que hayáis venido tú y Edward. ¡Con lo lejos que queda esto de Tiverton!

—Habéis tenido buen tiempo. ¿Te acuerdas del año anterior a la guerra? A eso de las cuatro cayó un chaparrón espantoso. Todo el espectáculo se echó a perder.

—Pero este verano ha sido espléndido. ¡Dorothy! ¡Hacía siglos que no te veía!

—Nos pareció que no podíamos dejar de venir a ver

Nasse para admirarlo en todo su esplendor. Ya veo que has cortado los agracejos de la loma.

—Sí, así se ven mejor las hortensias, ¿no te parece?

—Están maravillosas. ¡Qué azul! ¡Pero, querida, has hecho maravillas este último año! Nasse empieza a ser otra vez lo que era.

El marido de Dorothy tronó con voz profunda:

—¡Durante la guerra vinimos aquí a ver al comandante! Se me partió el corazón...

La señora Folliat se volvió para saludar a una visitante humilde.

—Señora Knapper, me alegro mucho de verla. ¿Esta es Lucy? ¡Lo que ha crecido!

—Acaba el colegio el año que viene. Me alegro de verla tan bien, señora.

—Sí, estoy muy bien, gracias. Tienes que ir a probar suerte con las anillas, Lucy. La veré más tarde en la tienda del té, señora Knapper. Estaré allí ayudando a servir.

Un hombre mayor, probablemente el señor Knapper, dijo con timidez:

—Me alegro de verla otra vez en Nasse, señora. Es como en los viejos tiempos.

La respuesta de la señora Folliat se perdió, al precipitarse hacia ella dos mujeres y un hombre alto y musculoso.

—¡Ay, querida! ¡Cuánto tiempo! ¡Esto es un rotundo éxito! Dime lo que le has hecho a la rosaleda. Muriel me ha contado que estás renovándola.

El hombre musculoso intervino:

—¿Dónde está Marilyn Gale?

—Reggie se muere de ganas de verla. Ha visto su última película.

—¿Es aquella del sombrero grande? ¡Qué barbaridad, vaya *toilette*!

—No seas tonto, querido. Esa es Hattie Stubbs. ¿Sabes, Amy? Creo que no deberías dejarla andar por ahí como si fuera una modelo profesional.

—¡Amy! —Otra amiga reclamó su atención—. Ese es Roger, el hijo de Edward. ¡Querida, cuánto me alegro de que estéis de nuevo en Nasse!

Poirot se alejó despacio y, distraído, gastó un chelín en una papeleta que, con un poco de suerte, podía hacerle ganar el cerdo.

Todavía alcanzaba a oír, aunque débilmente, el estribillo de «¡Qué amable ha sido viniendo!». Se preguntó si la señora Folliat se daría cuenta de que estaba atribuyéndose el papel de anfitriona o si lo haría sin darse cuenta. Aquella tarde era decididamente la señora Folliat de Nasse-House.

Se encontraba de pie junto a la tienda donde se podía leer un letrero que decía: MADAME ZULEIKA LE ADIVINARÁ EL PORVENIR POR DOS CHELINES Y SEIS PENIQUES. Estaban empezando a servir el té y ya no había cola para madame Zuleika. Poirot inclinó la cabeza, entró y pagó su media corona por el privilegio de hundirse en una butaca y descansar sus doloridos pies.

Madame Zuleika llevaba una túnica negra holgada, una bufanda de lana de oro que le cubría la cabeza y un velo que cruzaba la parte inferior de la cara, lo que ahogaba un poco sus palabras. Un brazalete de oro con amuletos tintineó al cogerle la mano a Poirot y leérsela con rapidez, pronosticándole que ganaría mucho dinero, sería feliz con una belleza morena y se salvaría de milagro de un accidente.

—Es muy agradable todo lo que me dice, señora Legge. Solo deseo que se convierta en realidad.

—¡Ah! —se sorprendió Sally —. ¡Conque me reconoce!

—Me han informado previamente. Madame Oliver me dijo que, en un principio, iba usted a ser la «víctima», pero que las ciencias ocultas la habían arrebatado de las garras de la muerte.

—Me gustaría estar haciendo de cadáver —dijo Sally—. Algo mucho más tranquilo. Todo ha sido culpa de Jim Warburton. ¿Ya son las cuatro? Necesito una taza de té. Estoy libre entre las cuatro y las cuatro y media.

—Todavía faltan diez minutos —dijo Poirot consultando su anticuado reloj—. ¿Le traigo yo una taza?

—No, no. Necesito salir. El ambiente de la tienda es irrespirable. ¿Todavía hay mucha gente esperando?

—No, creo que están haciendo cola para el té.

—Bien.

Poirot salió de la tienda. De inmediato, lo abordó una mujer muy decidida que le hizo pagar seis peniques e intentar adivinar el peso de una tarta.

Se topó con una mujer gruesa y maternal que le incitó a probar suerte con un juego de anillas y, con gran desconcierto por su parte, vio que le tocaba una muñeca enorme. Se paseaba con ella en brazos, avergonzado, cuando encontró a Michael Weyman, que se mantenía un poco alejado y sombrío, junto a lo alto de un sendero que descendía hasta el muelle.

—Parece que se ha estado divirtiendo, monsieur Poirot —dijo con risa sardónica.

Poirot contempló su premio.

—Es horrible, ¿verdad? —repuso tristemente.

De pronto, una niña pequeña que estaba junto a él se

echó a llorar. Poirot se inclinó hacia ella con rapidez y le puso la muñeca entre las manos.

—¡Toma, para ti!

De golpe, las lágrimas dejaron de correr.

—¡Mira, Violet, qué señor más amable! Anda, di muchas...

—¡Concurso infantil de disfraces! —gritó el capitán Warburton a través de un megáfono—. Primera categoría, de tres a cinco años. En fila, por favor.

Poirot se movió en dirección a la casa, tropezando con un joven que andaba hacia atrás para afinar la puntería y tirar a un coco. El joven le puso mala cara y Poirot se disculpó de un modo mecánico, fijando su fascinada mirada en el variado dibujo de la camisa del muchacho. Había reconocido la camisa de tortugas de la descripción de sir George. Parecía como si todas las clases imaginables de tortugas de tierra y mar se retorcieran y se arrastraran por ella.

Poirot pestañeó. En ese momento, la chica holandesa a quien había llevado en el coche el día anterior lo abordó.

—¡Conque ha venido a la fiesta! —exclamó Poirot—. ¿Y su amiga?

—Ah, sí, ella también viene aquí esta tarde. No la he visto todavía, pero nos marchamos juntas en el autobús que sale de la puerta a las cinco y quince. Vamos a Torquay y allí cojo otro autobús para Plymouth. Es cómodo.

Eso explicaba el hecho, que había desconcertado a Poirot, de que la holandesa sudara bajo el peso de una mochila.

—He visto a su amiga esta mañana —dijo.

—Ah, sí. Elsa, una chica alemana, estaba con ella y me dijo que quisieron cruzar los bosques hasta el muelle.

Y el caballero que es dueño de la casa estaba muy enfadado y las hizo regresar. —Y, volviendo la cabeza hacia el lugar donde sir George animaba a la gente a tomar parte en el tiro al coco, añadió—: Pero ahora..., esta tarde, está muy correcto.

Poirot pensó en explicarle que hay cierta diferencia entre meterse en una propiedad privada y pagar los dos chelines y medio de entrada que te dan derecho a probar las delicias de Nasse-House y de toda la finca. Pero el capitán Warburton y su megáfono se acercaron rápidamente. El capitán parecía acalorado y preocupado.

—¿Ha visto usted a lady Stubbs, Poirot? ¿Ha visto alguien a lady Stubbs? Tenía que fallar en este concurso de disfraces y no la encuentro por ninguna parte.

—La he visto..., espere, hará una media hora. Pero luego he ido a que me leyeran el porvenir.

—¡Maldita mujer! —dijo Warburton, airado—. ¿Dónde se habrá metido? Los niños están preparados y ya vamos con retraso.

Miró a su alrededor.

—¿Dónde está Amanda Brewis?

Tampoco la señorita Brewis estaba por ningún lado.

—Es una verdadera lata —dijo Warburton—. Para organizar un espectáculo de estos, hay que contar con cierta colaboración. ¿Dónde se habrá metido Hattie? Tal vez haya entrado en la casa.

Se marchó a grandes zancadas.

Poirot se abrió paso hacia el lugar donde se servía el té, en una gran tienda, pero había una cola muy larga y decidió que podía pasar sin la bebida.

Inspeccionó el puesto de novedades, donde una anciana muy decidida estuvo a punto de conseguir venderle una caja de plástico para guardar collares. Por último, bordeando la fiesta, llegó a un lugar desde donde podía contemplarlo todo a una distancia prudencial.

Se preguntó dónde estaría la señora Oliver.

El ruido de unos pasos detrás de él le hizo volver la cabeza. Un joven subía por el sendero que conducía al muelle; era muy moreno e iba impecablemente vestido con ropa marinera. Se detuvo, como desconcertado por la escena que estaba teniendo lugar ante él.

Luego, indeciso, se dirigió a Poirot.

—Perdone, ¿es esta la casa de sir George Stubbs?

—La misma. —Poirot hizo una pausa y luego aventuró una suposición—: ¿Es usted el primo de lady Stubbs?

—Soy Étienne de Sousa...

—Mi nombre es Hércules Poirot.

Ambos se inclinaron. Poirot explicó las circunstancias de la fiesta. Cuando terminaron de hablar, sir George se dirigió hacia ellos cruzando el césped.

—¿De Sousa? Encantado de verle. Hattie ha recibido su carta esta mañana. ¿Dónde ha dejado usted el yate?

—Atracado en Helmmouth. He remontado el río hasta el embarcadero con la lancha.

—Tenemos que encontrar a Hattie. Por ahí debe de andar... Supongo que comerá usted con nosotros esta noche, ¿verdad?

—Muy agradecido.

—¿No se quedará a dormir?

—Doblemente agradecido, pero dormiré en mi yate. Es más sencillo.

—¿Va a quedarse usted mucho tiempo?

—Dos o tres días, quizá. Depende.

De Sousa encogió sus elegantes hombros.

—Estoy seguro de que Hattie se alegrará muchísimo —dijo sir George, cortésmente—. ¿Dónde estará? La he visto no hace mucho. —Miró a su alrededor, perplejo—. Tenía que estar ejerciendo de jurado en el concurso infantil de disfraces. No lo comprendo. Perdóneme un momento. Preguntaré a la señorita Brewis.

Se marchó a toda prisa. De Sousa se lo quedó mirando. Poirot observaba a De Sousa.

—Hace algún tiempo que no ve usted a su prima, ¿verdad? —preguntó.

El otro se encogió de hombros.

—No la veo desde que ella tenía quince años. Poco después la mandaron al extranjero, a un colegio religioso en Francia. De niña prometía ser muy guapa.

—Es una mujer muy hermosa —asintió Poirot.

El hombre interrogó al detective con la mirada.

—¿Y ese es su marido? He oído que es un buen tipo, aunque quizá no muy brillante, ¿no? Sin embargo, puede ser que a Hattie le resultara un poco difícil encontrar un buen marido.

Cortésmente, Poirot adoptó una expresión interrogante. El otro se rio.

—¡Bah, no es ningún secreto! A los quince años, Hattie no estaba mentalmente desarrollada. —De Sousa se encogió de hombros—. ¡Bueno! ¿Por qué ha de pedir uno inteligencia a las mujeres? No es necesario.

Sir George regresó, muy irritado. La señorita Brewis estaba con él, hablando de forma entrecortada.

—No tengo ni idea de dónde puede estar, sir George. La he visto por última vez junto a la tienda de la fortuna. Pero eso ha sido hace por lo menos veinte minutos, quizá media hora. No está en la casa.

—¿No es posible —preguntó Poirot— que haya ido a observar cómo va el «atrapa al asesino» de madame Oliver?

Sir George dejó de fruncir el ceño.

—Seguramente, será eso. Mire, no puedo dejar mi puesto en el tiro al coco. Soy el encargado de estar ahí. Y Amanda tiene las manos ocupadas. ¿No podría usted, Poirot, echar una ojeada? Ya conoce el itinerario.

En realidad, Poirot no lo conocía, aunque, preguntándole a la señorita Brewis, obtuvo ciertas instrucciones generales. Ella, muy animada, se hizo cargo de De Sousa, y Poirot se marchó, murmurando para sí, como si se tratara de un conjuro: «Pista de tenis, el jardín de las camelias, el templete, el jardín infantil, la caseta de los botes...».

Al pasar por el tiro al coco, le hizo gracia ver a sir George, que, con una sonrisa deslumbrante, entregaba bolas de madera a la misma chica italiana a quien había expulsado aquella mañana y que no ocultaba su desconcierto ante aquel cambio de actitud.

Prosiguió su camino en dirección a la pista de tenis, pero allí solo vio a un anciano, con aspecto de militar, profundamente dormido en una silla de jardín y con el sombrero calado hasta los ojos. Poirot regresó a la casa y de allí se dirigió al jardín de las camelias.

Cuando llegó, encontró a la señora Oliver con un vestido de llamativo color morado, sentada en una silla de jardín y en actitud pensativa. Esta le hizo una seña para que ocupara una silla a su lado.

—Aquí está la segunda pista —murmuró—. Me parece que las he puesto demasiado difíciles. Todavía no ha venido nadie.

En aquel momento, un joven en pantalones cortos, con una nuez muy pronunciada, entró en el jardín. Con un grito de satisfacción corrió a un árbol situado en una esquina; otro grito igual de satisfecho anunció que había descubierto la siguiente pista. Al pasar al lado de ellos, se sintió impulsado a comunicar el motivo de tanta satisfacción.

—Hay mucha gente que no sabe nada de los alcornoques, los árboles del corcho —dijo en tono confidencial—. Una fotografía muy hábil, la de la primera pista, pero yo he adivinado qué era: un fragmento de una red de tenis. Allí había una botella vacía..., pero no se me ha escapado que era una pista falsa. Los alcornoques son muy delicados, aunque en estas regiones son más resistentes. Me interesan los arbustos raros y los árboles. Ahora me pregunto: ¿adónde vamos?

Leyó el cuadernito que llevaba, frunciendo el ceño.

—He copiado la siguiente pista, pero no parece que tenga sentido. —Los miró con desconfianza—. ¿Son ustedes concursantes?

—No, no —respondió la señora Oliver—. Estamos... mirando, nada más.

—¡Estupendo! «Cuando las bellas se entregan a la locura»... Me parece que he oído eso en algún sitio.

—Es una cita muy conocida* —dijo Poirot.

—También puede referirse a un templete... —dijo la señora Oliver, queriendo ayudar—. Blanco..., con columnas —añadió.

* La cita procede de *El vicario de Wakefield*, de Goldsmith. «*When lovely woman stoops to folly and knows too late that man betrays...*» Se juega aquí una vez más con el doble significado de la palabra *folly*: «locura» y «templete». *(N. de la t.)*

—¡Es una idea! Muchas gracias. Dicen que la señora Ariadne Oliver anda por aquí. Me gustaría que me firmara un autógrafo. ¿No la habrán visto ustedes?

—No —respondió la señora Oliver con firmeza.

—Me gustaría conocerla. Escribe unas novelas muy buenas. —Bajó la voz—: Pero dicen que bebe como un cosaco.

Cuando se marchó corriendo, la señora Oliver exclamó indignada:

—¡Vaya! ¡Qué injusticia! ¡Si solo me gusta la limonada!

—¿Y no ha cometido una gran injusticia dirigiendo a ese joven a la siguiente pista?

—Teniendo en cuenta que es el único que ha llegado hasta aquí por el momento, me ha parecido que merecía que le animara.

—Pero no le ha firmado usted el autógrafo.

—Eso es distinto —dijo la señora Oliver—. ¡Chis! Aquí viene alguien más.

Pero los que llegaban no andaban buscando pistas. Eran dos mujeres que, tras haber pagado la entrada, parecían decididas a sacarle partido a su dinero examinándolo todo a conciencia.

Estaban acaloradas y descontentas.

—Yo creí que habría macizos de flores —le dijo la una a la otra—, pero solo hay árboles y más árboles. No es lo que yo llamaría un jardín.

La señora Oliver le dio a Poirot con el codo y se fueron de allí sin hacer ruido.

—Supongamos —dijo la señora Oliver, distraída— que nadie encuentra mi cadáver.

—Paciencia y valor, *ma chère* —respondió Poirot—; todavía es muy temprano.

—Eso es cierto —dijo la señora Oliver antes de marcharse—. Y después de las cuatro y media de la tarde la entrada es a mitad de precio, así que es probable que acuda mucha gente. Vamos a ver qué tal le va a esa Marlene. No me fío nada de esa chica. No tiene sentido de la responsabilidad. La creo muy capaz de escabullirse sin hacer ruido e irse a tomar el té, en lugar de interpretar su papel de cadáver. Ya sabe usted cómo se pone la gente con eso del té.

Continuaron amistosamente por el sendero arbolado y Poirot hizo un comentario sobre la geografía de la finca.

—Me parece muy confusa —dijo—. Tantos senderos, y uno nunca está seguro de adónde conducen. Y árboles, árboles por todas partes.

—Se está usted pareciendo a aquella gruñona que acabamos de dejar.

Pasaron por el templete y siguieron el zigzagueante sendero que bajaba al río. La silueta de la caseta de los botes apareció ante su vista.

Poirot mencionó que sería un contratiempo que algún concursante llegara a la caseta por casualidad y se encontrara con el cadáver.

—¿Una especie de atajo? Ya pensé en ello. Por eso, la última clave es una llave. No se puede abrir la puerta sin ella. Es una cerradura Yale. Solo se puede abrir desde dentro.

El camino descendía en una pronunciada cuesta hasta la puerta de la caseta de los botes, que estaba construida sobre el río y tenía un pequeño muelle, con un espacio debajo para guardar las embarcaciones. La señora Oliver cogió la llave de un bolsillo escondido entre los pliegues morados de su vestido y abrió la puerta.

—Hemos venido a alegrarte un poco, Marlene —dijo animada al entrar.

Sintió remordimientos por sus injustas palabras sobre la lealtad de Marlene, porque la chica, colocada artísticamente como «el cadáver», estaba interpretando su papel a conciencia, tumbada en el duro suelo, junto a la ventana.

Marlene no contestó. Yacía inmóvil. El viento ligero que entraba por la ventana hacía crujir los tebeos extendidos sobre la mesa.

—Bueno, ya está bien —dijo la señora Oliver con impaciencia—. Solo somos monsieur Poirot y yo. Nadie ha descubierto nada todavía.

Poirot tenía el ceño fruncido. Con suavidad, echó a un lado a la señora Oliver, se inclinó sobre la chica y apenas pudo contener una exclamación. Levantó la vista hacia la señora Oliver.

—Conque... —dijo— al fin ha ocurrido lo que usted esperaba.

—No querrá usted decir que...

La señora Oliver abrió los ojos, horrorizada. Agarró un sillón de mimbre y se sentó.

—Es imposible que... No está muerta, ¿verdad?

Poirot afirmó con un movimiento de cabeza.

—Sí —afirmó—. Está muerta. Aunque no desde hace mucho tiempo.

—Pero ¿cómo...?

Levantó una esquina del alegre pañuelo que la chica llevaba en la cabeza para que la señora Oliver pudiera ver los extremos de la cuerda de tender la ropa.

—Igual que en mi asesinato —dijo ella, vacilante—. Pero ¿quién? ¿Y por qué?

—Ese es el quid de la cuestión —respondió Poirot.

Se abstuvo de añadir que aquellas mismas preguntas se las había hecho él, y que la respuesta no podía ser la que la señora Oliver había imaginado, pues la chica no era una mujer yugoslava casada con un investigador de la energía atómica, sino Marlene Tucker, una chica del pueblo de catorce años a la que no se le conocía enemigo.

Capítulo 7

El inspector Bland estaba sentado tras una mesa, en el despacho. Sir George lo había recibido enseguida, lo había llevado a la caseta de los botes y había vuelto a la casa con él. El equipo de fotógrafos estaba trabajando en el lugar del crimen, y el forense y los peritos de las huellas dactilares acababan de llegar.

—¿Tienen todo lo que necesitan? —preguntó sir George.

—Sí, muchas gracias, señor.

—¿Qué tengo que hacer respecto a la fiesta que está celebrándose? ¿Decírselo a la gente, suspenderla o qué?

El inspector Bland consideró la cuestión durante unos momentos.

—¿Qué es lo que les ha dicho ya, sir George? —preguntó.

—No he dicho nada. Anda circulando el rumor de que ha ocurrido un accidente. Solo eso. No creo que nadie haya sospechado todavía que se trata de..., bueno, de un asesinato.

—Entonces, deje las cosas como están, por el momento —decidió Bland—. Tarde o temprano la noticia empezará a propagarse —añadió cínicamente. Volvió a quedarse pensativo durante un momento y luego preguntó—: ¿Cuántas personas cree usted que habrá aquí esta tarde?

—Unas doscientas, diría yo —contestó sir George—, y siguen entrando a montones. Parece que ha venido gente de muy lejos. En realidad, la fiesta está siendo un gran éxito. ¡Qué desgracia!

El inspector Bland supuso acertadamente que la desgracia a la que se refería sir George era el asesinato, no el éxito de la fiesta.

—Unas doscientas —murmuró—. Y supongo que cualquiera pudo haberlo hecho.

Suspiró.

—Un caso difícil —opinó sir George—. Pero no veo qué razón iba a tener ninguna de esas personas para matarla. Todo esto resulta completamente inconcebible... No veo quién puede haber querido asesinar a una chica como esta.

—¿Qué puede usted decirme de ella? Tengo entendido que era de la localidad, ¿no?

—Sí. Su familia vive en una de las casas que están junto al embarcadero. Su padre trabaja en una de las granjas de la zona..., en la de Paterson, creo. La madre de la niña está aquí, en la fiesta. La señorita Brewis..., mi secretaria, podrá contárselo todo mucho mejor que yo. Ella se ha llevado a la madre y ahora mismo debe de estar ofreciéndole una taza de té.

—Muy bien —aprobó el inspector—. Todavía no veo muy claro qué ha podido suceder, sir George. ¿Qué es lo que estaba haciendo la chica en la caseta de los botes? He oído decir que están persiguiendo a un asesino o buscando un tesoro..., o algo así.

Sir George asintió con la cabeza.

—Sí. A todos nos pareció una gran idea. Ahora no parece tan buena. Probablemente la señorita Brewis podrá explicárselo mucho mejor que yo. ¿Quiere que vaya a buscarla? A no ser que desee usted saber antes alguna cosa más.

—Por el momento no, sir George. Puede ser que luego tenga que hacerle más preguntas. Quiero ver a algunas personas, a usted, a lady Stubbs y a los que encontraron el cadáver. Creo que una de las personas que lo encontraron es la novelista que organizó ese «atrapa al asesino», como usted lo llama.

—Exacto. La señora Oliver, Ariadne Oliver.

El inspector alzó ligeramente las cejas.

—¡Ah..., ella! —dijo—. Sus libros se venden mucho. Yo mismo he leído unos cuantos.

—Está un poco alterada —dijo sir George—, y con razón, claro. Le diré que la necesita, ¿no? No sé dónde está mi mujer. Parece que ha desaparecido hace un rato. Debe de andar por ahí, entre todas esas personas... No es que pudiera contarles gran cosa. Quiero decir, de la chica y todo eso. ¿A quién quiere ver primero?

—Creo que a su secretaria, la señorita Brewis, y después a la madre de la chica.

Sir George asintió y salió de la habitación.

Robert Hoskins, agente de la policía local, abrió la puerta para que pasara sir George; la cerró después de que saliera.

—Lady Stubbs tiene algunos problemas —dijo como si nada, tocándose la frente—. Por eso ha dicho que no sería de gran ayuda. Está chiflada.

—¿Es de aquí?

—No. Extranjera, no sé de dónde. Algunos dicen que no es blanca del todo, pero no lo creo.

Bland asintió con la cabeza. Se quedó un momento en silencio, jugando con el lápiz sobre una hoja de papel que había frente a él. Luego formuló una pregunta extraoficial.

—¿Quién la mató, Hoskins?

Si alguien podía tener alguna idea sobre los antecedentes del caso, pensó Bland, ese alguien era Hoskins, un hombre de mentalidad inquisitiva, que se interesaba mucho por todo y por todos. Tenía una mujer muy cotilla, y eso, unido a su condición de policía, le proporcionaba vasta información sobre los asuntos privados de todo el pueblo.

—Un extranjero, creo yo —dijo Hoskins—. Nadie de aquí lo hubiera hecho. Los Tucker son buena gente. Una familia agradable y decente. Son nueve, en total. Dos de las chicas mayores están casadas; un chico está en la Marina; el otro está haciendo el servicio; otra chica está en una peluquería, en Torquay... Quedan en casa tres más pequeños, dos hijos y una hija. —Se quedó en silencio, pensando—. Ninguno de ellos es lo que se llama brillante, pero la señora Tucker tiene la casa muy bien, limpia como una patena... Era la más joven de once hermanos. Su padre, que ya está muy mayor, vive con ella.

Bland recibió en silencio toda aquella información. Hoskins, con su peculiar lenguaje, le había proporcionado una descripción exacta de la posición social y el modo de vivir de los Tucker.

—Por eso digo lo de que ha sido un extranjero —continuó Hoskins—. Uno de esos que paran en el albergue juvenil de Hoodown, lo más probable. Algunos de ellos son muy raros y se dicen muchas cosas. Se sorprendería usted si supiera lo que los he visto hacer entre los matorrales y en el bosque. Es poco más o menos lo mismo que pasa dentro de los coches parados a lo largo del parque.

Hoskins era un especialista en el tema de «habladurías escandalosas». Su conversación giraba en gran parte sobre ese tema cuando, en los ratos en que no estaba de servicio, tomaba su cerveza en el bar Bull & Bear.

—No creo que haya sido..., bueno, nada por el estilo —apuntó Bland—. Claro que el doctor nos lo dirá cuando termine de examinar el cadáver.

—Sí, señor, es cosa suya, claro. Pero lo que yo digo es que con los extranjeros nunca se sabe. De pronto, pueden volverse muy raros.

El inspector Bland suspiró, pensando que no era tan sencillo. A Hoskins le resultaba muy cómodo echarle la culpa a «los extranjeros». La puerta se abrió y entró el médico forense.

—Ya he terminado —anunció—. ¿Se la van a llevar ahora? Los otros equipos también han acabado.

—El sargento Cottrell se ocupará de eso —dijo Bland—. Bueno, doctor, ¿qué ha averiguado usted?

—Es de lo más sencillo —repuso el médico—. No hay complicaciones. La estrangularon con un trozo de cuerda de tender la ropa. Nada más simple ni más fácil de ejecutar. No hay ni el menor signo de lucha. Yo creo que la chica no se dio cuenta de lo que estaba ocurriendo hasta que ya había ocurrido.

—¿Hay alguna señal de que la hayan agredido sexualmente?

—Ninguna. No la han forzado ni nada por el estilo.

—¿No estamos ante un crimen sexual, entonces?

—No lo creo, no. —Y añadió—: No me pareció una chica muy atractiva.

—¿Le gustaban los chicos? —le preguntó Bland a Hoskins.

—No creo que a ellos les interesara mucho, aunque tal vez a ella no le desagradara despertar su interés.

—Quizá —concedió Bland.

Recordó el montón de tebeos de la caseta de los botes y las descuidadas anotaciones en los márgenes: «Johnny sale con Kate», «Georgie Porgie besa a las exploradoras en el bosque». Era como si a la chica le gustara imaginar esas cosas. Sin embargo, parecía poco probable que la muerte de Marlene tuviera un componente sexual. Claro que nunca se sabía... Había que contar siempre con esos asesinos fuera de lo común, hombres con un deseo oculto de matar cuyas víctimas favoritas eran las jovencitas inmaduras. Puede que hubiera uno de aquellos tipos en aquel lugar, aquel verano. Casi se convenció de que tenía que ser así; no veía qué otro motivo podía haber para un asesinato como aquel. «Sin embargo —pensó—, estamos solo al principio. Será mejor que oiga lo que esa gente tiene que decirme.»

—¿A qué hora cree usted que la mataron? —preguntó el inspector.

El doctor echó una ojeada al reloj de sobremesa primero y a su propio reloj después.

—Acaban de dar las cinco y media ahora —dijo—. Poniendo que la he visto a las cinco y veinte... Llevaría muerta alrededor de una hora. Aproximadamente, claro. Diría que entre las cuatro y las cinco menos veinte. Si después de la autopsia puedo decirles algo más, se lo comunicaré. —Y añadió—: A su debido tiempo, les haré llegar el informe detallado. Ahora me voy a la ciudad. Tengo pacientes a los que atender.

Salió de la habitación y el inspector Bland le pidió a Hoskins que fuera a buscar a la señorita Brewis. Se animó un poco cuando la chica entró. Enseguida supo que en ella encontraría eficiencia. Conseguiría respuestas claras a sus preguntas, horas exactas y no embrollos.

—La señora Tucker está en mi salita —dijo la señorita Brewis mientras tomaba asiento—. Le he dado la noticia y le he preparado una taza de té. Como es de esperar, está en shock. Quería ver el cadáver, pero le he dicho que era mucho mejor que no lo hiciera. El señor Tucker sale del trabajo a las seis y ha quedado en venir aquí. Ya he dispuesto que lo vayan a buscar en cuanto llegue. Los pequeños están todavía en la fiesta y hay una persona encargada de vigilarlos.

—¡Excelente! —aprobó el inspector Bland—. Creo que antes de ver a la señora Tucker prefiero oír lo que usted y lady Stubbs tengan que decirme.

—No sé dónde está lady Stubbs —dijo la señorita Brewis con acritud—. Imagino que se aburriría en la fiesta y andará vagando por ahí, pero no creo que pueda decirle nada que no pueda decirle yo. ¿Qué es exactamente lo que quiere saber?

—Primero, deseo conocer los detalles de ese «atrapa al asesino» y de cómo esta chica, Marlene Tucker, entró a formar parte en dicho juego.

—Eso es muy sencillo.

Sucintamente y con claridad, la señorita Brewis explicó que se había pensado en el «atrapa al asesino» como una atracción original para la fiesta. Se había contratado a la señora Oliver, la famosa novelista, para que preparara todo el asunto, y le hizo un resumen de la trama.

—En un principio —explicó la señorita Brewis—, la señora de Alec Legge iba a interpretar el papel de víctima.

—¿La señora de Alec Legge? —preguntó el inspector.

Hoskins apuntó:

—Ella y el señor Legge tienen alquilada la casa de los Lawder, esa residencia rosada junto a Mill Creeks. Han venido hace un mes. La tienen por dos o tres meses.

—Ya. ¿Y dice usted que la señora Legge iba a ser la víctima? ¿Por qué se cambió de idea?

—Bueno, cierta noche, la señora Legge nos leyó a todos las líneas de la mano y lo hizo tan bien que decidimos que una de las atracciones sería una tienda donde se leyera el porvenir. La señora Legge se pondría un vestido oriental, respondería al nombre de madame Zuleika y leería las líneas de la mano por media corona. No creo que sea ilegal, ¿verdad, inspector? Quiero decir que es algo que suele hacerse en esta clase de fiestas.

El inspector Bland sonrió débilmente.

—Lo de adivinar el porvenir, lo de las rifas y todo eso no se toma lo bastante en serio, señorita Brewis —dijo—. De vez en cuando, tenemos que..., ¡hum!, dar un escarmiento.

—Pero, por lo general, son ustedes discretos, ¿verdad? Bueno, así es como fue. La señora Legge convino en ayudarnos y tuvimos que buscar a otra persona para que hiciese de cadáver. Los exploradores locales nos estaban ayudando a montar la fiesta y creo que alguien insinuó que una de ellas nos vendría muy bien.

—¿Quién?

—Pues no lo recuerdo con exactitud... Puede que fuera la señora Masterton, la esposa del diputado. No, quizá fuera el capitán Warburton... La verdad es que no puedo asegurarlo. Pero, en cualquier caso, alguien lo propuso.

—¿Había alguna razón para escoger a esa chica en particular?

—No..., no lo creo. Sus padres trabajan en la finca, y la madre, la señora Tucker, viene a veces a ayudar en la cocina. No sé bien por qué la escogimos a ella. Es probable que fuera el primer nombre que nos vino a la cabeza. Se lo propusimos y la idea pareció gustarle mucho.

—¿Tenía verdaderos deseos de interpretar ese papel?

—Sí, sí, yo creo que se sentía adulada. No era una chica muy brillante —continuó la señorita Brewis—. No hubiera podido interpretar un papel ni nada por el estilo. Pero todo esto era muy sencillo, y a ella le parecía que la habían escogido entre las demás, y eso le gustaba.

—¿Qué era exactamente lo que tenía que hacer?

—Debía estar en la caseta de los botes. Cuando oyera que alguien se acercaba a la puerta, tenía que tumbarse en el suelo, ponerse la cuerda alrededor del cuello y fingirse muerta.

La señorita Brewis hablaba con voz tranquila y práctica. El hecho de que la chica que tenía que hacerse la muerta hubiera sido encontrada muerta de verdad no parecía, de momento, afectarla emocionalmente.

—Un modo bastante aburrido de pasar la tarde, cuando podría haber estado en la fiesta —insinuó el inspector Bland.

—Sí, me imagino que en cierto sentido lo era —dijo la señorita Brewis—. Pero no se puede tener todo, ¿verdad? Y a Marlene le encantaba la idea de ser el cadáver. La hacía sentirse importante. Tenía un montón de periódicos para leer y entretenerse.

—¿Y también algo para comer? —dijo el inspector—. Observé que en la caseta había una bandeja, con un plato y un vaso.

—Sí, tenía un plato grande de pasteles y un refresco de frambuesa. Se los llevé yo misma.

Bland le lanzó una mirada inquisitiva.

—¿Se los llevó usted? ¿Cuándo?

—A media tarde.

—¿Se acuerda de a qué hora exactamente?

La señorita Brewis se quedó pensando.

—Espere. Ya se había fallado el concurso infantil de disfraces; hubo cierto retraso, lady Stubbs no aparecía, pero la señora Folliat ocupó su lugar; conque todo salió bien... Sí, debe de haber sido, estoy casi segura, unos cinco minutos después de las cuatro cuando cogí la bandeja con los pasteles y el refresco.

—Y se los llevó usted misma a la caseta de los botes. ¿A qué hora llegó usted allí?

—Se tardan unos diez minutos en llegar allí..., a eso de las cuatro y cuarto.

—¿Y a las cuatro y cuarto Marlene Tucker estaba viva?

—Sí, claro —respondió la señorita Brewis—. Y tenía mucho interés en conocer los progresos de la gente en el «atrapa al asesino». Sentí no poder decírselo. Había estado muy ocupada con las atracciones, pero sí sabía que mucha gente había decidido participar en el juego. Yo sabía de veinte o treinta personas, pero probablemente eran muchas más.

—¿Cómo encontró usted a Marlene cuando llegó a la caseta?

—Acabo de decírselo.

—No, no, no me refiero a eso. Quiero decir si estaba en el suelo, fingiéndose muerta, cuando usted abrió la puerta.

—No, no —dijo la señorita Brewis—. Grité antes de llegar. Ella abrió la puerta y yo pasé la bandeja y la puse sobre la mesa.

—A las cuatro y cuarto —dijo Bland escribiendo—, Marlene Tucker estaba viva. Comprenderá usted, señorita Brewis, que este es un asunto muy importante. ¿Está completamente segura de las horas?

—No puedo estar completamente segura porque no miré el reloj, pero había comprobado la hora un poco antes. Es todo lo que puedo aproximarme. —Intuyendo qué es lo que pensaba el inspector, añadió—: ¿Quiere usted decir que poco después...?

—No pudo haber sido mucho después, señorita Brewis.

—¡Vaya por Dios!

No era una expresión del todo apropiada, pero describía bien la preocupación y el horror de la señorita Brewis.

—Y ahora dígame, señorita Brewis, tanto al ir como al volver, ¿encontró o vio a alguien cerca de la caseta de los botes?

La señorita Brewis lo pensó.

—No —respondió finalmente—. No me encontré a nadie. No hubiera sido difícil, desde luego, porque esta tarde la gente tiene acceso a todas partes. Pero, en general, prefieren quedarse por el césped y junto a los puestos de atracciones y todo eso. Les gusta dar vueltas por las huertas y los invernaderos, pero, al contrario de lo que yo hubiera creído, no tanto por el bosque. La gente tiende a apiñarse en estas fiestas, ¿no le parece a usted, inspector?

El inspector dijo que así era, probablemente.

—Aunque creo —dijo la señorita Brewis, como recordando de pronto— que había alguien en el templete.

—¿El templete?

—Sí, un templete blanco, construido hace solo uno o dos años. Está a la derecha del camino, según se baja a la caseta de los botes. Había alguien allí. Una pareja, supongo. Alguien se reía y otra persona susurró: «Chisss».

—¿No sabe usted quiénes eran?

—No tengo ni idea. No puede verse la parte delantera del templete desde el camino. Los lados y la parte de atrás están cerrados.

El inspector sopesó sus palabras durante unos segundos, pero no le pareció probable que aquella pareja —quienesquiera que fueran— pudiera ser importante. No obstante, convenía averiguar su identidad, porque quizá, a su vez, podían haber visto a alguien que se dirigiera a la caseta de los botes o que proviniera de allí.

—¿Y no había nadie más en el camino? ¿Nadie en absoluto? —insistió.

—Sí, ya entiendo adónde quiere ir a parar —dijo la señorita Brewis—. Solo puedo asegurarle que yo no encontré a nadie. Pero, claro, no tenía por qué. Quiero decir que, si hubiera habido alguien en el sendero que no quisiera que lo vieran, habría sido lo más fácil del mundo esconderse detrás de los rododendros. El camino está sembrado a ambos lados de arbustos y rododendros. Si alguien que no debiera estar allí oyera llegar a otras personas, podría desaparecer en un momento.

El inspector cambió de rumbo.

—¿Sabe usted algo de la chica que pueda sernos útil? —preguntó.

—En realidad, no sé nada de ella —respondió la señorita Brewis—. Creo que nunca había hablado con ella hasta hoy. Es una de las chicas a las que veo andar por ahí, la conozco de vista, pero eso es todo.

—¿Y no sabe usted nada de ella, nada que pueda resultarnos de utilidad?

—No conozco motivo alguno por el que nadie quisiera matarla —dijo la señorita Brewis—. Cómo decirle..., me parece imposible que haya ocurrido una cosa así. Lo único que se me ocurre es que, a una persona desequilibrada, el hecho de que fuera ella la víctima del juego pueda haberla inducido a desear convertirla en una víctima real. Pero hasta esa idea me parece cogida por los pelos.

Bland suspiró.

—Bueno —dijo—. Supongo que será mejor que hable con la madre.

Hicieron entrar a la señora Tucker, una mujer delgada, de facciones enjutas, de pelo rubio y sin brillo, con nariz puntiaguda. Tenía los ojos enrojecidos, pero en aquel momento estaba tranquila y dispuesta a contestar a las preguntas del inspector.

—No es justo que ocurra una cosa así —se lamentó—. Una lee estas cosas en los periódicos, pero que le haya ocurrido a nuestra Marlene...

—Lo siento mucho, muchísimo —dijo el inspector Bland con delicadeza—. Me gustaría que se concentrara en la medida de lo posible y me diga si hay alguien que pueda haber tenido un motivo para hacerle daño a su hija.

—Ya he estado pensándolo —respondió la señora Tucker, sorbiéndose las lágrimas—. He pensado y requetepensado..., pero nada. De vez en cuando, Marlene tenía unas palabras con la maestra y en ocasiones se peleaba con otros chicos o chicas, pero eran cosas sin importancia. No hay nadie que tuviera nada contra ella, nadie le habría hecho daño.

—¿Nunca le habló de nadie a quien pudiera considerar su enemigo?

—De vez en cuando, Marlene decía tonterías, pero nada por ese estilo. Solo hablaba de pinturas y peinados, y de lo mucho que le gustaba arreglarse. Ya sabe usted cómo son las chicas. Era demasiado joven para pintarse los labios y ponerse todas esas porquerías, y su padre se lo dijo, y yo también. Pero eso es lo que hacía cuando conseguía algún dinero. Se compraba perfumes y barras de labios, y las escondía.

Bland asintió con la cabeza. Nada de todo aquello lo ayudaba en sus pesquisas. Una adolescente bastante tonta, con la cabeza llena de artistas de cine y a la que le gustaba maquillarse... Había muchas Marlenes.

—No sé lo que dirá su padre —dijo la señora Tucker—. Vendrá de un momento a otro, con ganas de divertirse. Es muy hábil en eso del tiro al coco.

De pronto, perdió el control y empezó a llorar.

—Si quiere que le diga mi opinión —sollozó—, creo que fue uno de esos cerdos extranjeros del albergue. Nunca acaba uno de conocerlos. Aunque la mayoría de ellos hablan con mucha educación, algunos llevan unas camisas horrorosas, y las chicas van con esos bikinis, como los llaman. Y se ponen a tomar el sol en cualquier parte, desnudos de cintura para arriba... Todo eso no puede acabar bien. ¡Se lo aseguro!

Sin dejar de llorar, la señora Tucker salió de la habitación escoltada por Hoskins. Bland pensó que la costumbre en aquella localidad, muy cómoda y que debía de venir de muy antiguo, era la de echarles la culpa de todos los incidentes trágicos a «los extranjeros» en general.

Capítulo 8

—Tiene una lengua muy viva —dijo Hoskins cuando volvió—. Todo el día está regañando a su marido, y a su padre lo tiene comiendo de su mano. Me imagino que más de una vez le habrá dicho cosas desagradables a la chica, y ahora siente remordimientos. Y no es que a las chicas les moleste lo que sus madres les dicen. Les resbala todo que da gusto.

El inspector Bland puso fin a tales consideraciones y le dijo a Hoskins que fuera a buscar a la señora Oliver.

El inspector se sobresaltó cuando la vio. No se esperaba nada tan voluminoso, tan morado y en semejante estado de excitación.

—Me siento fatal —dijo la señora Oliver, hundiéndose en una butaca enfrente de él—. Fatal —repitió la palabra.

El inspector hizo unos cuantos ruidos ambiguos y la señora Oliver añadió:

—Porque, ¿sabe?, es mi asesinato. ¡Yo la maté!

El inspector Bland tuvo un momento de sobresalto, en el que pensó que la señora Oliver estaba confesándose autora del crimen.

—No puedo comprender por qué se me ocurrió que la víctima fuera una yugoslava casada con un investigador de la energía atómica —dijo la señora Oliver pasándose las manos frenéticamente por su enrevesado peinado, lo que le dio el aspecto de haber bebido—. He sido una completa idiota. Del mismo modo, podría haber sido el segundo jardinero. No hubiera tenido la mitad de importancia, porque, después de todo, los hombres se valen por sí mismos. Y si no pueden valerse por sí mismos..., bueno, por lo menos deben poder hacerlo. En tal caso, no me hubiera importado tanto. A los hombres los matan, y a nadie le importa, es decir, a nadie excepto a sus mujeres, a sus novias, a sus hijos, a gente así.

En aquel momento, el inspector comenzó a albergar una indigna sospecha en relación con la señora Oliver, cosa a la que contribuyó el hecho de que llegara a su olfato un suave olor a coñac. Al volver a la casa, Hércules Poirot le había suministrado a su amiga aquel espléndido remedio contra las emociones.

—No estoy loca ni borracha —dijo la señora Oliver, intuyendo los pensamientos del inspector—, aunque me imagino que, como anda por ahí ese hombre que cree que bebo como un cosaco y que afirma que todo el mundo lo dice, también usted debe de creerlo.

—¿Qué hombre? —preguntó el inspector, que pasó de pensar en el jardinero imaginario para centrarse en un hombre real.

—Uno pecoso, con acento de Yorkshire —respondió la señora Oliver—. Pero, como le digo, no estoy loca ni borracha. Estoy en shock, eso es todo.

—Estoy seguro, señora, de que debe de haber sido muy triste para usted —dijo el inspector.

—Lo horrible del caso —replicó la señora Oliver— es que quería ser la víctima de un asesino con motivaciones sexuales, y ahora me imagino que fue..., que es..., ¿cómo puedo decirlo? No sé cómo explicarme...

—El crimen sexual está descartado —dijo el inspector.

—¿Sí? —repuso la señora Oliver—. Bueno, gracias a Dios. Es decir, no sé. Puede que le hubiera disgustado menos de ese modo. Pero si no se trata de un crimen sexual, ¿por qué iba nadie a matar a Marlene, inspector?

—Abrigaba la esperanza de que pudiera usted ayudarme a descubrirlo.

No había duda, pensó Bland, de que la señora Oliver había puesto el dedo en la llaga. ¿Por qué había de querer nadie matar a Marlene?

—No puedo ayudarle —respondió la mujer—. Soy incapaz de imaginarme quién la habrá matado. Es decir, claro, puedo imaginarlo..., puedo imaginar cosas ahora, en este mismo momento. E incluso podría hacer que parecieran razonables, pero, naturalmente, ninguna de ellas será verdad. Quiero decir que la pudo asesinar alguien a quien le gusta matar a chicas (pero eso es demasiado sencillo). Además, sería una coincidencia inexplicable que hubiera alguien en la fiesta que quisiera matar a una chica. ¿Y cómo iba a enterarse de que Marlene estaba en la caseta de los botes? O puede que ella supiera de alguna persona que tuviera una relación clandestina, o quizá que hubiera visto a alguien enterrar un cadáver una noche, o puede que hubiera reconocido a una persona que ocultaba su identidad, o que supiera el lugar donde se escondió un tesoro durante la guerra... O el hombre de la lancha podría haber tirado a alguien al río y ella haberlo visto desde la ventana de la caseta de los botes..., o incluso podría haber llegado a su poder un mensaje en clave y no saber ni siquiera lo que significaba.

—¡Por favor!

El inspector alzó una mano. La cabeza le daba vueltas. La señora Oliver se calló, obediente. Estaba claro que habría podido seguir a aquel ritmo durante algún tiempo, aunque al inspector le parecía que había mencionado ya todas las posibilidades, probables o improbables. Del abundante manantial que se le ofrecía con tanta verborrea escogió una sola frase.

—¿Qué ha querido usted decir, señora Oliver, con eso de «el hombre de la lancha»? ¿Es solo que se imagina usted, quizá, un hombre en una lancha?

—Alguien me ha dicho que había venido en una lancha —dijo la señora Oliver—. No recuerdo quién. Quiero decir, el hombre de quien hemos hablado durante el desayuno... No ha venido en una lancha a la hora del desayuno —aclaró—. Era un yate. Es decir, no es eso exactamente. Ha sido una carta.

—Bueno, ¿qué es lo que ha sido? —preguntó Bland—. ¿Un yate o una carta?

—Una carta para lady Stubbs. De un primo suyo..., en un yate. Y entonces ella se ha asustado muchísimo.

—¿Se ha asustado? ¿De qué?

—De él, supongo —dijo la señora Oliver—. Todos lo hemos visto. Estaba aterrorizada y no quería que viniera. Yo creo que por eso se esconde.

—¿Se esconde? —preguntó el inspector.

—Bueno, no está en ningún sitio. Todo el mundo la ha buscado. Y yo creo que está escondida porque tiene miedo y no quiere verlo.

—¿Quién es ese hombre?

—Será mejor que se lo pregunte a monsieur Poirot —respondió la señora Oliver—, porque ha sido quien ha hablado con él. Yo no lo he hecho. Se llama Esteban..., no, Esteban no, eso era en mi historia. De Sousa, Étienne de Sousa. Sí, ese es el nombre.

Sin embargo, lo que había captado la atención del inspector era otro nombre.

—¿Quién ha dicho usted? —inquirió—. ¿Monsieur Poirot?

—Sí. Hércules Poirot. Estábamos juntos cuando hemos encontrado el cadáver...

—Hércules Poirot... ¿Será posible que sea la misma persona? Un belga, bajito, con unos bigotes muy largos...

—Unos bigotes enormes —concedió la señora Oliver—. Sí. ¿Lo conoce?

—Lo conocí hace muchos años. Era yo sargento.

—¿En algún caso de asesinato?

—Sí. ¿Qué es lo que está haciendo aquí?

—Tenía que entregar los premios —respondió la señora Oliver.

Había titubeado un segundo antes de contestar, pero el inspector no se percató de ello.

—¿Y estaba con usted cuando ha descubierto el cadáver? —preguntó Bland—. ¡Hum! Me gustaría hablar con él.

—¿Voy a buscarlo?

La señora Oliver recogió, esperanzada, los pliegues morados de su vestido.

—¿No puede usted contarnos nada más, señora? ¿Nada que en su opinión pueda sernos útil?

—Creo que no. No sé nada. Como le decía, puedo imaginar motivos.

El inspector la cortó en seco. No deseaba oír ni una más de las soluciones imaginarias de aquella mujer. Eran demasiado confusas.

—Muchas gracias, señora —dijo—. Le agradecería mucho que hiciera el favor de pedirle a monsieur Poirot que venga a hablar conmigo.

La señora Oliver salió. Hoskins preguntó interesado:

—¿Quién es ese monsieur Poirot, inspector?

—Probablemente, lo describiría usted como un payaso —respondió Bland—. Parece la parodia teatral de un francés, aunque, en realidad, es belga. Pero, a pesar de sus ridiculeces, tiene talento. Debe de ser ya muy mayor. Hace mucho que no le veo.

—¿Y de ese tal De Sousa? —preguntó el agente—. ¿Cree usted que tendrá alguna relación con todo esto?

El inspector Bland no oyó la pregunta. De pronto, le preocupaba un hecho que, aunque repetido varias veces en su presencia, hasta entonces su cerebro no había registrado.

Primero había sido George, irritado y alarmado: «Parece que mi mujer ha desaparecido. No me explico dónde puede estar». Luego la señorita Brewis, despectiva: «No hemos podido encontrar a lady Stubbs. Se aburría en la fiesta». Y ahora la señora Oliver, con su teoría de que se escondía.

—¿Eh? ¿Qué? —dijo distraído.

Hoskins se aclaró la garganta.

—Le preguntaba, señor, si cree usted que el tal De Sousa..., quienquiera que sea, tiene alguna relación con todo este asunto.

Era evidente que al agente Hoskins le encantaba la idea de tener en el caso a un extranjero en concreto, en lugar de a una multitud de extranjeros. Pero el inspector Bland estaba pensando en otra cosa.

—Necesito hablar con lady Stubbs —dijo bruscamente—. Tráigamela. Si no está por aquí, búsquela.

Hoskins pareció un poco desconcertado, pero, obediente, salió de la habitación. Se detuvo en el umbral de la puerta, retirándose un poco para dejar pasar a Hércules Poirot. Antes de cerrar, volvió la cabeza para mirar con cierto interés por encima de su hombro.

—Supongo que no me recordará usted, monsieur Poirot —dijo Bland, que se levantó y le extendió la mano.

—Claro que le recuerdo —dijo Poirot—. Es usted..., espere un momento, solo un momento. Es el joven sargento..., sí, el sargento Bland, a quien conocí hace catorce..., no, hace quince años.

—Exacto. ¡Qué buena memoria!

—Nada de eso. Si usted me recuerda, ¿por qué no habría de recordarle yo a usted?

Hubiera sido difícil, pensó Bland, olvidar a Hércules Poirot, y no solo por razones halagüeñas.

—Conque aquí está usted, monsieur Poirot, ayudando una vez más a esclarecer un asesinato.

—Tiene usted razón —dijo Poirot—. Me hicieron venir para ayudar.

—¿Le hicieron venir para ayudar?

Bland parecía desconcertado.

Poirot se apresuró a decir:

—Me refiero a que me pidieron que viniera para entregar los premios del «atrapa al asesino».

—Eso me ha dicho la señora Oliver.

—¿No le ha dicho nada más? —Poirot hizo la pregunta aparentando indiferencia. Quería saber si madame Oliver le había insinuado algo respecto al verdadero motivo por el que lo había hecho venir.

—¿Qué si me ha dicho algo más? Creía que no iba a acabar nunca de decirme cosas. Me ha hablado de todos los motivos posibles e imposibles por los que la chica podía haber sido asesinada. Me ha puesto la cabeza como un bombo. ¡Puf! ¡Qué imaginación!

—Se gana la vida imaginando, *mon ami* —dijo Poirot.

—Ha hablado de un hombre llamado De Sousa. ¿También imaginaciones suyas?

—No, eso es cierto.

—Ha habido algo sobre una carta en el desayuno y un yate y remontar el río en lancha. Para mí, no tiene ningún sentido.

Poirot se lo explicó. Le habló de lo que había pasado en el desayuno, de la carta y del dolor de cabeza de lady Stubbs.

—La señora Oliver ha dicho que lady Stubbs estaba muy asustada. ¿También se lo ha parecido a usted?

—Esa ha sido la impresión que me ha producido, sí.

—¿Asustada por la llegada de su primo? ¿Por qué?

Poirot se encogió de hombros.

—No tengo idea. Lo único que me ha dicho es que era malo..., un hombre malo. Es un poco simple, ¿sabe? Su inteligencia no es normal.

—Sí, esa parece ser la opinión general. ¿No ha dicho por qué le tenía miedo a ese De Sousa?

—No.

—Pero ¿cree usted que su miedo era auténtico?

—Si no lo era, es una actriz muy buena —respondió Poirot sencillamente.

—Empiezan a ocurrírseme algunas ideas extrañas con relación a este caso —dijo Bland, y, poniéndose en pie, comenzó a pasear de un lado a otro de la habitación—. Creo que la culpa la tiene esa maldita mujer.

—¿Madame Oliver?

—Sí. Me ha metido en la cabeza un montón de ideas melodramáticas.

—¿Y cree usted que pueden ser ciertas?

—Todas no, naturalmente, pero puede que una o dos de ellas no sean tan disparatadas como parecen. Todo depende...

Cuando la puerta se abrió y el policía Hoskins volvió a entrar, el inspector Bland se calló.

—No hay manera de dar con la señora —dijo el policía—. No está en ningún sitio.

—Ya lo sé —soltó Bland, irritado—. Le he dicho que la encuentre.

—El sargento Farrel y Lorrimer están registrando la finca, señor —respondió Hoskins—. No hay ni rastro de ella en la casa.

—Vaya a ver al hombre que está en la puerta de la finca cogiendo las invitaciones y pregúntele si ha salido en coche o a pie.

—Sí, señor.

Hoskins abandonó la habitación.

—¡Y averigüe cuándo y dónde se la ha visto por última vez! —le gritó Bland.

—¡Conque esa es la idea que tiene usted en la cabeza! —dijo Poirot.

—Todavía no tengo idea alguna —respondió el inspector—, pero acabo de caer en la cuenta de que una señora que debía estar en la finca no aparece por ningún sitio... y quiero saber por qué. Dígame todo lo que sepa sobre ese señor De Sousa, o como se llame.

Poirot describió su encuentro con el joven que había llegado por el sendero que bajaba al embarcadero.

—Todavía debe de estar en la fiesta. ¿Le digo a sir George que quiere verlo?

—Esperemos un poco —repuso Bland—. Primero quisiera averiguar algo más. ¿Cuándo ha visto usted a lady Stubbs por última vez?

A Poirot no le resultaba difícil recordarlo con exactitud. Había vislumbrado vagamente su alta figura, vestida de color rosa, con el sombrero negro, moviéndose por el campo, hablando con la gente, deteniéndose aquí y allá; de vez en cuando, había oído su risa extraña y ruidosa sobresaliendo entre los demás ruidos confusos.

—Creo —dijo— que no debe de haber sido mucho antes de las cuatro.

—¿Y dónde y con quién estaba entonces?

—En medio de un grupo de personas, cerca de la casa.

—¿Estaba allí cuando ha llegado De Sousa?

—No recuerdo. No lo creo. Al menos, yo no la he visto. Sir George le ha dicho a De Sousa que su esposa no podía andar lejos. Recuerdo que parecía sorprendido de que no estuviera en el concurso infantil de disfraces. Tenía que ser parte del jurado.

—¿Qué hora era cuando ha hablado usted con De Sousa?

—Debían de ser alrededor de las cuatro y media. No he mirado el reloj, así que no puedo decírselo con exactitud.

—¿Y lady Stubbs había desaparecido antes de que él llegara?

—Eso parece.

—Posiblemente se ha escapado para no encontrarse con él —sugirió el inspector.

—Posiblemente —convino Poirot.

—Bueno, no puede haber ido lejos. No será tan difícil dar con ella... Y cuando la encontremos...

Se calló.

—¿Y si no la encuentran? —preguntó Poirot.

—¡Tonterías! —replicó el inspector con firmeza—. ¿Por qué? ¿Qué cree usted que le ha ocurrido?

Poirot se encogió de hombros.

—¡¿Qué le ha ocurrido?! Cualquiera lo sabe. ¡Lo único que sabemos es que ha... ha desaparecido!

—¡Caramba, monsieur Poirot, lo pinta usted de un modo siniestro!

—¡Puede que sea siniestro!

—Lo que estamos investigando es el asesinato de Marlene Tucker —dijo el inspector con severidad.

—Eso está claro. Entonces..., ¿por qué ese interés por De Sousa? ¿Cree usted que es él quien ha matado a Marlene Tucker?

—¡Es esa mujer! —exclamó el inspector Bland.

Poirot sonrió.

—¿Se refiere usted a madame Oliver?

—Sí. Mire, monsieur Poirot, el asesinato de Marlene Tucker no tiene sentido. No tiene el más mínimo sentido. Una chica vulgar, bastante tonta, aparece estrangulada... Y no parece que haya móvil alguno.

—¿Y la señora Oliver le ha proporcionado a usted un móvil?

—¡Una docena, por lo menos! Entre ellos, que Marlene podía estar enterada de alguien que tenía una relación en secreto, o que pudo haber presenciado un asesinato, o acaso que sabía el lugar donde estaba escondido un tesoro, o que podía haber visto, desde la ventana de la caseta de los botes, cómo De Sousa hacía algo cuando remontaba el río en la lancha.

—¡Ah! ¿Y cuál de todas esas tonterías le parece más plausible, *mon cher*?

—No lo sé. Pero no puedo dejar de pensar en ellas. Escúcheme, monsieur Poirot. Por lo que le ha dicho lady Stubbs esta mañana, ¿cree usted que temía la llegada de su primo porque podía saber algo de ella que no quería que llegara a oídos de su marido? ¿O cree que se trata de un miedo hacia el hombre en sí?

Poirot no dudó.

—Creo que es un miedo hacia el hombre en sí —contestó.

—¡Hum! —dijo el inspector Bland—. Bueno, será mejor que intercambie unas palabras con ese joven, si es que todavía anda por aquí.

Capítulo 9

I

Aunque los extranjeros no le suscitaban ninguno de los prejuicios de Hoskins, al inspector Bland le desagradó inmediatamente Étienne de Sousa. La refinada elegancia del joven, el perfecto corte de su traje, el penetrante perfume de su cabello untado de brillantina, todo se combinaba para irritarlo.

De Sousa se mostraba muy seguro de sí mismo, muy tranquilo. También, aunque decorosamente velado, mostraba cierto regocijo ante lo que sucedía.

—Tiene uno que reconocer —dijo— que la vida está llena de sorpresas. Llego en viaje de placer, admiro la belleza del paisaje, vengo a pasar la tarde con una primita a quien hace años que no veo y... ¿qué es lo que ocurre? Primero me veo envuelto en una especie de carnaval, con cocos que pasan silbando junto a mi cabeza, e inmediatamente después, pasando de la comedia a la tragedia, estoy metido en un caso de asesinato. —Encendió un cigarrillo, aspiró profundamente el humo y añadió—: Claro que este asesinato no me concierne en absoluto. La verdad es que no me explico por qué quiere usted entrevistarse conmigo.

—Usted es un extranjero que llega...

—Y los extranjeros son sospechosos por necesidad. ¿No es eso? —le interrumpió de Sousa.

—No, no, nada de eso, señor. No, no me ha comprendido usted. Según creo, su yate está anclado en Helmmouth, ¿no es verdad?

—Así es.

—¿Y ha remontado usted el río esta tarde en una lancha motora?

—Eso también es cierto.

—Cuando remontaba el río, ¿ha visto a su derecha una caseta para botes, proyectada sobre el agua, con techo de paja y un pequeño muelle debajo?

De Sousa echó hacia atrás su hermosa cabeza morena y frunció el ceño, reflexionando.

—Espere un momento..., había una caleta y una casa pequeña con tejado gris.

—Más arriba, señor De Sousa. Rodeada de árboles.

—Ah, sí, ya recuerdo. Un sitio muy pintoresco. No sabía que fuera el embarcadero de esta casa. De haberlo sabido, hubiera amarrado mi bote y hubiera desembarcado allí. Cuando he preguntado la dirección, me han dicho que subiera hasta donde estaba el barco y atracara en el muelle que hay allí.

—Exacto. ¿Y eso es lo que usted ha hecho?

—Eso es lo que he hecho.

—¿No ha bajado usted a tierra cuando ha pasado cerca de la caseta de los botes?

De Sousa negó con la cabeza.

—¿Ha visto usted a alguien en la caseta al pasar?

—¿Si he visto a alguien? No. ¿Tendría que haber visto a alguien?

—Solo era una posibilidad. Mire, señor De Sousa, la chica asesinada estaba en la caseta esta tarde. Allí la han matado y el asesinato ha debido de cometerse aproximadamente a la hora en que usted ha pasado por allí.

De nuevo, De Sousa alzó las cejas.

—¿Cree usted, entonces, que he podido presenciar el asesinato?

—El asesinato se ha cometido dentro de la caseta, pero habría podido ver usted a la chica, pues quizá esta se ha asomado a la ventana o ha salido al balcón. Si la hubiera visto, por lo menos habríamos podido saber con mayor exactitud la hora de su muerte. Si cuando usted ha pasado por allí todavía estaba viva...

—¡Ah, ya comprendo! Sí, comprendo. Pero ¿por qué preguntarme precisamente a mí? Hay muchos botes que suben y bajan por el río de Helmmouth hasta aquí. Barcos de recreo. Están pasando continuamente. ¿Por qué no les pregunta a ellos?

—Ya les preguntaremos a ellos —dijo el inspector—. Descuide, que ya les preguntaremos. Entonces, ¿debo entender que no ha visto usted nada fuera de lo normal en la caseta de los botes?

—Nada en absoluto. No había nada que indicara que había alguien dentro. Naturalmente, no he mirado hacia la caseta con gran atención, y tampoco he pasado muy cerca. Puede que hubiera alguien mirando por la ventana, como usted sugiere, pero, si ha sido así, yo no he visto a esa persona. —Y añadió educadamente—: Siento mucho no poder ayudarle.

—Bueno —respondió el inspector en tono amistoso—, no hay que hacerse demasiadas ilusiones. Hay unas cuantas cosas que quisiera saber, señor De Sousa.

—Diga.

—¿Ha venido usted solo en esta travesía o está con algunos amigos?

—Han estado conmigo amigos hasta hace muy poco, pero desde hace tres días estoy solo..., con la tripulación, por supuesto.

—¿Y cómo se llama su yate, señor De Sousa?

—Espérance.

—Según tengo entendido, lady Stubbs es prima suya.

De Sousa se encogió de hombros.

—Prima lejana. No muy cercana. Tenga usted en cuenta que en las islas hay muchos matrimonios entre parientes. Somos primos los unos de los otros. Hattie es prima segunda o tercera. No la veo desde que era una chiquilla de catorce o quince años.

—¿Y ha pensado usted en hacerle hoy una visita sorpresa?

—Visita sorpresa no, inspector. Le había escrito para decírselo.

—Ya sé que ha recibido una carta de usted esta mañana, pero para ella ha sido una sorpresa saber que se encontraba en el país.

—No, inspector, se equivoca. Escribí a mi prima..., espere un momento, hace tres semanas. Desde Francia, poco antes de salir para aquí.

El inspector se sorprendió.

—¿Le escribió usted desde Francia diciéndole que tenía intención de visitarla?

—Sí. Le dije que estaba de viaje en mi yate y que probablemente recalaría en Torquay o Helmmouth alrededor de esta fecha, y que más adelante le haría saber el día exacto de mi llegada.

El inspector Bland lo miró fijamente. Aquello no cuadraba con lo que le habían contado respecto a lo sucedido con la carta de Étienne de Sousa a la hora de desayunar. Más de un testigo había declarado que lady Stubbs, al enterarse del contenido de la carta, se había disgustado y alarmado, mostrando a las claras su miedo. De Sousa le devolvió la mirada sin perder la calma. Sonriendo ligeramente, se quitó de la rodilla una mota de polvo.

—¿Contestó lady Stubbs a su primera carta? —preguntó el inspector.

De Sousa dudó unos segundos antes de responder:

—Es difícil recordar... No, creo que no. Pero no era necesario. Yo estaba viajando, sin dirección fija. Y, además, no creo que a mi prima Hattie le guste mucho escribir. No es muy inteligente, aunque creo que se ha convertido en una mujer muy guapa.

—¿No la ha visto usted todavía? —preguntó Bland.

De Sousa mostró los dientes en una agradable sonrisa.

—Creo que ha desaparecido del modo más inexplicable —explicó—. No hay duda de que esta *espèce de gala* la aburre.

Escogiendo con cuidado sus palabras, Bland dijo:

—¿Tiene usted algún motivo para creer, señor De Sousa, que su prima podría querer evitarle..., por alguna razón?

—¿Qué motivo iba a tener para ello?

—Eso mismo me pregunto yo, señor De Sousa.

—¿Cree que Hattie se ha ausentado de la fiesta para no encontrarse conmigo? ¡Qué idea más absurda!

—¿No tenía, que usted sepa, ningún motivo para..., digamos, sentir miedo de usted?

—¿Miedo... de mí? —De Sousa se mostraba incrédulo y divertido—. ¡Permítame que le diga, inspector, que esa es una idea fantástica!

—¿Ha tenido siempre buenas relaciones con ella?

—Ya se lo he dicho. No he tenido ninguna relación con ella. No la veo desde que era una joven chiquilla de catorce años.

—Sin embargo, viene usted a verla en su viaje a Inglaterra.

—Ah, vi una nota sobre ella en una de sus revistas de sociedad. Mencionaba su nombre de soltera y que estaba casada con un acaudalado inglés y pensé: «Tengo que hacerle una visita a la pequeña Hattie; a ver si ahora le rige la cabeza mejor que antes». —Se encogió de hombros—. Ha sido una mera cortesía entre primos. Curiosidad..., nada más que eso.

De nuevo, el inspector se quedó mirando a De Sousa. ¿Qué ocultaba tras aquella máscara burlona y serena? Adoptó un tono más confidencial:

—¿No podría usted decirme algo más sobre su prima? ¿Su carácter, las reacciones típicas en ella?

De Sousa mostró una sorpresa cortés.

—La verdad..., ¿tiene eso algo que ver con el asesinato de la chica en la caseta de los botes, que, según creo, es el asunto que le ocupa?

—Puede estar relacionado —dijo el inspector Bland.

De Sousa observó al inspector en silencio durante algunos segundos. Luego, encogiéndose de hombros nuevamente, manifestó:

—Nunca conocí bien a mi prima. Era uno de tantos

parientes en una gran familia..., y no de los más interesantes para mí. Pero, en respuesta a su pregunta, le diré que, a pesar de todo, mi prima, al menos que yo sepa, no ha tenido jamás tendencias homicidas.

—Por favor, señor De Sousa, yo no he insinuado tal cosa.

—¿No? No estoy seguro. No veo qué otra razón puede usted tener para formular esa pregunta. No, a menos que Hattie haya cambiado mucho, no es una asesina. —Se levantó—. Estoy seguro, inspector, de que no desea preguntarme nada más. Lo único que me queda es desearle mucho éxito y que encuentre usted al asesino.

—Supongo, señor De Sousa, que no pensará marcharse de Helmmouth hasta dentro de un par de días.

—Habla usted muy cortésmente. ¿Es una orden?

—Tan solo una petición.

—Gracias. Tengo intención de quedarme en Helmmouth dos días. Sir George ha tenido la amabilidad de pedirme que me hospede en su casa, pero prefiero seguir en el Espérance. Si desea usted preguntarme algo más, será allí donde me encuentre.

Se despidió con una educada inclinación de cabeza.

Hoskins le abrió la puerta y De Sousa salió de la habitación.

—¡Qué tipo más listo! —murmuró el inspector.

—Sí —coincidió Hoskins.

—Supongamos que lady Stubbs tuviera manía homicida —continuó el inspector para sí—. ¿Por qué iba a atacar a una chica tan vulgar? Carece de cualquier sentido.

—Con las personas chifladas nunca se sabe —dijo el policía Hoskins.

—La cuestión es saber el grado de su chifladura.

Hoskins movió la cabeza con suficiencia.

—Apuesto a que tiene un coeficiente de inteligencia mínimo.

El inspector lo miró irritado.

—No repita como un loro esos términos tan modernos. Me importa poco si su coeficiente de inteligencia es alto o bajo. Lo único que me importa es saber si es una de esas mujeres que encontrarían divertido, apetecible o necesario poner una cuerda alrededor del cuello de una niña y estrangularla. Y, en cualquier caso, ¿dónde diablos está esa mujer? Vaya a enterarse de si Frank ha hecho ya algún progreso en su búsqueda.

Hoskins obedeció y salió de la habitación para volver momentos después con el sargento Cottrell, un joven ambicioso y con muy buena opinión de sí mismo que siempre se las arreglaba para irritar a su superior. El inspector Bland prefería con mucho la sabiduría campesina de Hoskins a los aires de sabelotodo de Frank Cottrell.

—Seguimos registrando la finca, señor —lo informó Cottrell—. La señora no ha salido por la puerta del jardín; estamos completamente seguros. Es el segundo jardinero el que está allí dando las entradas y recogiendo el dinero. Jura que no la ha visto.

—Supongo que habrá otros sitios por donde salir, además de la puerta principal, ¿no?

—Sí, señor. Está el sendero que baja hasta el bote, pero el viejo que se encuentra allí, Merdell se llama, también está seguro del todo de que no ha salido por ese lugar. Debe de tener cerca de cien años, pero me parece de fiar. Ha descrito con claridad la llegada en la lancha del señor extranjero y ha dicho que le ha preguntado cómo llegar a Nasse-House. El viejo le ha respondido que tenía que subir por la carretera hasta la puerta principal y pagar la entrada. Pero ha asegurado que el señor no parecía saber nada de la fiesta y que le ha dicho que era un pariente de la familia. El viejo le ha indicado el camino que atraviesa los bosques. Parece ser que Merdell ha estado rondando por el embarcadero toda la tarde, por lo que es bastante seguro que habría visto a lady Stubbs si esta hubiera pasado por allí. Luego hay una salida arriba, que lleva a Hoodown Park, atravesando los campos, pero la han cerrado con una reja metálica para disuadir a los intrusos. Así pues, tampoco ha podido salir por allí. Parece probable que siga por aquí, ¿no cree?

—Parece ser —coincidió el inspector—, pero no hay nada que le impida pasar por debajo de una valla y marcharse campo a través, ¿no? Creo que sir George sigue quejándose de los que se meten en su finca. Si ellos pueden entrar, también se podrá salir del mismo modo, supongo.

—Sí, sin duda, señor. Pero he hablado con su doncella. Lleva puesto —Cottrell consultó un papel que tenía en la mano— un vestido de crepé *georgette* de color rosa (aunque no sé qué es eso), un gran sombrero negro, zapatos negros de corte salón con tacones de unos diez centímetros... No son las cosas que se pone uno para una carrera campo a través.

—¿No se ha cambiado de ropa?

—No. Le he preguntado a la doncella. No falta nada, nada en absoluto. No se ha llevado una maleta ni nada por el estilo. Ni siquiera se ha cambiado de calzado. Todos sus zapatos están en su sitio.

El inspector Bland frunció el ceño. Se le estaban ocurriendo posibilidades desagradables.

—Tráigame otra vez a la secretaria... Bruce, o como se llame... —ordenó con un tono cortante.

II

Cuando entró, la señorita Brewis parecía más irritada que de costumbre y respiraba con cierta dificultad.

—¿Me ha llamado usted, inspector? —dijo—. Si no es urgente, sir George está de los nervios y...

—¿Por qué está de los nervios?

—Acaba de darse cuenta de que lady Stubbs ha..., bueno, ha desaparecido de verdad. Le he dicho que probablemente se haya ido a dar un paseo por el bosque o algo por el estilo, pero se le ha metido en la cabeza que le ha ocurrido algo. Es absurdo.

—Puede que no sea tan absurdo, señorita Brewis. Después de todo, esta tarde... se ha cometido un asesinato.

—¿No creerá usted que lady Stubbs...? ¡Eso es ridículo! Lady Stubbs sabe cuidarse.

—¿Sí?

—¡Claro que sí! Es una mujer hecha y derecha.

—Pero indefensa.

—No tanto —dijo la señorita Brewis—. De vez en cuando, a lady Stubbs le conviene interpretar el papel de tonta e indefensa cuando no quiere hacer una cosa. ¡Podrá engañar a su marido, pero a mí no!

—No le tiene usted mucho aprecio, ¿verdad, señorita Brewis? —preguntó Bland con un amable interés.

La señorita Brewis apretó los labios:

—No estoy aquí para apreciarla o no apreciarla —respondió.

La puerta se abrió de golpe y entró sir George.

—¡Escuchen —exclamó—, tienen ustedes que hacer algo! ¿Dónde está Hattie? Han de encontrarla. ¡No sé qué diablos pasa hoy! Esta maldita fiesta... Algún loco homicida ha pagado su media corona, se ha metido aquí mezclándose con los demás y se ha pasado la tarde matando gente. Eso es lo que yo creo.

—No me parece que sea necesario exagerar tanto las cosas, sir George.

—Usted está tan a gusto ahí sentado, detrás de la mesa y escribiendo. Pero yo quiero que me devuelvan a mi mujer.

—Están registrando la finca, sir George.

—¿Por qué no me ha dicho nadie que había desaparecido? Parece ser que hace dos horas que falta. Me ha parecido extraño que no se presentara en el concurso infantil de disfraces, pero nadie me ha dicho que había desaparecido.

—Nadie lo sabía.

—Pues alguien debería haberlo sabido. Alguien debería haberse dado cuenta. —Se volvió hacia la señorita Brewis—. Usted tendría que haberlo sabido, Amanda; usted se estaba ocupando de que todo estuviera bien.

—No puedo estar en todas partes —replicó la señorita Brewis. Parecía a punto de echarse a llorar—. Tengo que estar pendiente de demasiadas cosas. Si a lady Stubbs le ha apetecido marcharse...

—¿Marcharse? ¿Por qué habría de marcharse? No tenía ningún motivo para marcharse, a no ser que no quisiera encontrarse con ese tipo moreno.

Bland agarró la oportunidad al vuelo.

—Hay algo que quiero preguntarle —dijo—: ¿recibió

su esposa hace unas tres semanas una carta del señor De Sousa diciéndole que venía a este país?

Sir George se quedó pasmado.

—No, desde luego que no.

—¿Está usted seguro?

—Completamente seguro. Hattie me lo hubiera dicho. Ella se ha disgustado y se ha asustado muchísimo cuando ha recibido su carta esta mañana. Ha sido una enorme sorpresa para ella. Ha estado echada la mayor parte de la mañana con dolor de cabeza.

—¿Qué ha sido lo que le ha contado en privado sobre la visita de su primo? ¿Por qué tenía tanto miedo a encontrarse con él?

Sir George pareció turbado.

—¡Que me aspen si lo sé! —dijo—. No hacía más que decir una y otra vez que era malo.

—¿Malo? ¿En qué sentido?

—No ha hablado muy claro. Lo único que ha hecho ha sido repetir, como una niña, que era un hombre malo, y que no quería que viniera aquí. Ha dicho que había hecho cosas malas.

—¿Que había hecho cosas malas? ¿Cuándo?

—Ah, hace mucho tiempo. Imagino que este Étienne de Sousa sería la oveja negra de la familia y que Hattie habría oído fragmentos de conversación sobre él, sin entender muy bien de qué se trataba. Le tiene verdadero pavor. He pensado que era solo un recuerdo de la infancia. A veces, mi mujer es un poco infantil. Unas cosas le gustan y otras le disgustan, pero no puede explicar por qué.

—¿Está usted seguro, sir George, de que no ha concretado nada?

Sir George parecía incómodo.

—No quisiera que tuviera usted en cuenta lo que... lo que ha dicho.

—Entonces, ¿ha dicho algo?

—Está bien. Se lo diré. Lo que ha dicho..., y lo ha dicho varias veces, es: «Mata a la gente».

Capítulo 10

I

—Mata a la gente —repitió el inspector Bland.

—No creo que deba usted tomarlo demasiado en serio —comentó sir George—. Ha repetido una y otra vez lo de «Mata a la gente», pero no ha sabido explicarme a quién había matado ni cuándo ni por qué. Me ha parecido que sería un recuerdo extraño de la infancia, algún problema con los indígenas, una cosa por el estilo.

—Sostiene usted que no ha sabido decir nada concreto. ¿Se refiere a que no ha sabido, sir George, o que no ha querido?

—No creo... —Se interrumpió—. No sé. Me confunde usted. Como le digo, no me he tomado en serio nada de eso. He pensado que a lo mejor ese primo le había fastidiado un poco de pequeña..., algo así. Es difícil explicárselo a usted, porque no conoce a mi esposa. Yo la quiero muchísimo, pero muchas veces no escucho lo que habla porque no tiene el menor sentido. En cualquier caso, el tal De Sousa no puede tener nada que ver con todo esto.

No creerá que ha bajado de su lancha y ha ido derecho al bosque a matar a una pobre chica exploradora en la caseta de los botes. ¿Por qué habría de hacer semejante cosa?

—No he insinuado que haya ocurrido nada por el estilo —dijo el inspector Bland—, pero tiene que darse cuenta, sir George, de que el número de sospechosos de haber asesinado a Marlene Tucker es más reducido de lo que uno podría pensar a primera vista.

—¡Reducido...! —Sir George se lo quedó mirando—. Tiene usted que buscarlo entre la gente de la maldita fiesta. Unas doscientas o trescientas personas... Cualquiera de ellas puede ser el asesino.

—Sí, eso he creído yo en un principio, pero, sabiendo lo que sé ahora, es difícil que haya ocurrido así. La caseta de los botes tiene una cerradura Yale. Nadie puede haber entrado desde fuera sin una llave.

—Bueno, había tres llaves.

—Exacto. Una llave era la última pista de ese «atrapa al asesino». Todavía está escondida en el paseo de las hortensias, en la parte más alta del jardín. La segunda llave se encontraba en poder de la señora Oliver, la organizadora del juego. ¿Dónde está la tercera llave, sir George?

—Tendría que estar en el cajón del escritorio ante el que usted se sienta. No, el de la derecha, junto a los demás duplicados de la finca.

Se acercó al escritorio y rebuscó en el cajón.

—Sí. Aquí está.

—Ya ve usted —dijo el inspector Bland—. ¿Qué significa esto? Las únicas personas que podían haber entrado en la caseta eran, primero, la persona que hubiera llegado al final del «atrapa al asesino» y hubiera encontrado la llave (lo cual, que yo sepa, no ha ocurrido). Segundo, la señora Oliver o alguien de la casa, a quien puede haber dejado su llave; y, tercero, alguien a quien Marlene hubiera abierto la puerta.

—Bueno, en ese último grupo puede entrar cualquiera, ¿no es así?

—Nada de eso —respondió el inspector Bland—. O no he entendido este asunto del «atrapa al asesino» o, cuando la chica oyese a alguien que se acercara a la puerta, tenía que echarse en el suelo e interpretar el papel de la víctima, esperando a ser descubierta por la persona que hubiera encontrado la última pista, la llave. En consecuencia, como usted mismo puede ver, las únicas personas a quienes hubiera abierto la puerta, si la hubieran llamado desde fuera pidiéndole que lo hiciera, serían las que habían preparado el juego. Los que viven en esta casa, es decir, usted, lady Stubbs, la señorita Brewis, la señora Oliver..., posiblemente monsieur Poirot, a quien creo que la chica había conocido esta mañana... ¿Quién más, sir George?

Sir George se lo pensó durante un momento.

—Los Legge, por supuesto —respondió—, Alec y Sally Legge. Han intervenido en esto desde el principio. Y Michael Weyman, el arquitecto que está aquí para diseñar el pabellón de tenis. Y Warburton, los Masterton... ¡Ah, y la señora Folliat!

—¿Eso es todo? ¿No hay nadie más?

—Eso es todo.

—Ya ve, sir George, que no hay tantas posibilidades.

El rostro de sir George se puso de color escarlata.

—¡Creo que todo eso que está diciendo son tonterías,

nada más que tonterías! Insinúa usted... ¿Qué es lo que insinúa usted?

—Únicamente —dijo el inspector Bland— insinúo que todavía ignoramos muchas cosas. Es posible, por ejemplo, que Marlene, por alguna razón, saliera de la caseta. Puede ser que la hayan estrangulado en otra parte y que luego arrastraran su cadáver hasta la caseta y la colocaran en el suelo. Pero, aun en ese caso, quien lo hizo era alguien que conocía a fondo todos los detalles del «atrapa al asesino». Siempre volvemos a lo mismo. —Y añadió, con la voz ligeramente cambiada—: Le aseguro, sir George, que estamos haciendo todo lo posible por encontrar a lady Stubbs. Entretanto me gustaría hablar con los señores Legge y con el señor Michael Weyman.

—Veré lo que puedo hacer, inspector —intervino la señorita Brewis—. Supongo que la señora Legge seguirá en la tienda leyendo el futuro en las líneas de la mano. Ha venido mucha gente después de las cinco, con lo de la media entrada, y todos los puestos de atracciones están llenos. Con toda probabilidad, podré traerle al señor Legge o al señor Weyman, el que quiera usted ver antes.

—No importa el orden —respondió el inspector Bland.

La señorita Brewis asintió con un movimiento de cabeza y salió de la habitación. Sir George la siguió, alzando la voz en tono quejumbroso.

—Escuche, Amanda, tiene usted que...

Bland observó que sir George dependía mucho de la eficiente señorita Brewis. En aquel momento, a Bland, el dueño de la casa le pareció como un niño con su aya.

Mientras esperaba, el inspector cogió el teléfono, pidió que le pusieran en contacto con la comisaría de policía de Helmmouth y dio ciertas instrucciones en relación con el yate Espérance.

—Naturalmente, se dará usted cuenta —le dijo a Hoskins, que a todas luces era incapaz de darse cuenta de semejante cosa— de que el único sitio donde es muy posible que esté esa dichosa mujer es a bordo del yate de De Sousa.

—¿Por qué lo cree usted, señor?

—Bueno, nadie la ha visto marcharse por ninguna de las salidas normales, va vestida de tal modo que no es probable que ande por los campos o los bosques, pero es posible que se haya citado con De Sousa en la caseta de los botes y que él la haya llevado al yate en su motora y haya regresado después a la fiesta.

—¿Y por qué iba a hacer semejante cosa, señor? —preguntó Hoskins, desconcertado.

—No tengo ni idea —respondió el inspector—, y es muy poco probable que lo haya hecho. Pero es una posibilidad. Y si lady Stubbs está en el Espérance, ya me ocuparé yo de que no salga de allí sin ser vista.

—Pero si le odiaba...

—Lo único que sabemos es lo que ella ha dicho. Las mujeres mienten mucho —afirmó el inspector en tono sentencioso—. No lo olvide, Hoskins.

—¡Ajá! —concluyó a modo de agradecimiento.

II

No continuaron la conversación porque en aquel momento se abrió la puerta, por donde entró un joven alto, de aspecto ensimismado. Llevaba un traje cuidado de franela gris, pero el cuello de la camisa estaba arrugado, la corbata torcida y el pelo desordenado.

—¿El señor Alec Legge? —preguntó el inspector, levantando la vista.

—No —contestó el joven—. Soy Michael Weyman. Creo que me ha mandado usted llamar, ¿no es así?

—Exacto —dijo el inspector Bland—. Siéntese, por favor. —Le indicó una butaca, al otro lado de la mesa.

—No quiero sentarme —respondió Michael Weyman—. Me gusta pasear. ¿Qué hacen por aquí todos ustedes? ¿Qué ha ocurrido?

El inspector Bland le miró sorprendido.

—¿No le ha informado a usted sir George de lo ocurrido, señor? —preguntó.

—Nadie «me ha informado», como usted dice, de nada. No ando pegado a los pantalones de sir George. ¿Qué ha ocurrido?

—Vive usted en la casa, ¿no es así?

—Claro que sí. ¿Qué tiene eso que ver?

—Sencillamente, que creí que toda la gente de la casa estaba al corriente de la tragedia de esta tarde.

—¿Tragedia? ¿Qué tragedia?

—La chica que interpretaba el papel de víctima ha sido asesinada.

—¡No! —Michael Weyman se sorprendió de un modo exagerado—. ¿Quiere usted decir que la han matado de verdad? ¿No de mentira?

—Nada de mentira. La chica está muerta.

—¿Cómo la han matado?

—La han estrangulado con un trozo de cuerda.

Michael Weyman lanzó un silbido.

—¿Exactamente igual que en el guion de la farsa? Vaya, vaya, eso le hace a uno pensar.

En dos zancadas se acercó a la ventana, se volvió con rapidez y añadió:

—¿De modo que todos nosotros somos sospechosos? ¿O ha sido uno de los chicos del pueblo?

—Parece imposible que haya sido uno de los chicos del lugar —repuso el inspector.

—Sí, es verdad —asintió Michael Weyman—. Bueno, inspector, muchos de mis amigos me llaman loco, pero no soy un loco de esa clase. No ando vagando por el campo estrangulando a adolescentes vulgares.

—Tengo entendido, señor Weyman, que está usted aquí para diseñar un pabellón de tenis para sir George, ¿no es así?

—Una ocupación intachable —respondió Michael—. Es decir, intachable desde el punto de vista criminológico. Desde el arquitectónico, no estoy tan seguro. Probablemente, la obra será un crimen contra el buen gusto. Pero eso no le interesa a usted, inspector. ¿Qué es lo que le gustaría saber?

—Bien, me gustaría saber, señor Weyman, dónde estaba usted exactamente entre las cuatro y cuarto y..., digamos, las cinco de esta tarde.

—¿Cómo han llegado a concretar así la hora? ¿Por el examen forense?

—No por eso solo. Un testigo ha visto viva a la chica a las cuatro y cuarto...

—¿Qué testigo...? ¿O no debo preguntarlo?

—La señorita Brewis. Lady Stubbs le ha pedido que le llevara a la chica una bandeja con pasteles y un zumo.

—¿Que nuestra Hattie se lo ha pedido? ¡Imposible!

—¿Por qué dice eso, señor Weyman?

—No es propio de ella. No piensa en esas cosas ni le preocupan. La imaginación de nuestra querida lady Stubbs solo se ocupa de sí misma.

—Bien, ¿podría contestar la pregunta que le he hecho?

—¿Dónde estaba entre las cuatro y cuarto y las cinco? La verdad, inspector, no podría decírselo así, de pronto. Estaba por ahí..., ya me entiende.

—¿Por ahí, por dónde?

—Ah, pues en ningún sitio en particular. Me he mezclado un poco con la gente, en el campo. He observado cómo se divertían los lugareños, he intercambiado unas palabras con la revoloteante artista de cine... Luego, cuando me he hartado de todo eso, me he ido a la pista de tenis y me he puesto a pensar en el diseño del pabellón. También me he preguntado cuánto tardaría alguien en identificar la fotografía de la primera pista del «atrapa al asesino» con un trozo de red de tenis.

—¿La ha identificado alguien?

—Sí, creo que alguien ha ido allí, pero, para entonces, ya no estaba prestando atención. Se me ha ocurrido una nueva idea para el pabellón, un medio de conciliar los dos mundos: el mío y el de sir George.

—¿Y después?

—¿Después? Pues he estado dando vueltas por ahí y he vuelto a la casa. He caminado hasta el embarcadero y he charlado un poco con el viejo Merdell; luego he regresado. No puedo concretar la hora a la que he hecho cada una de esas cosas. Como le he dicho antes, estaba por ahí.

—Bien, señor Weyman —replicó Bland, animado—. Espero que podamos confirmar algo de todo esto.

—Merdell puede decirle que he estado hablando con él en el embarcadero. Pero, claro, eso sería bastante más tarde de la hora que le interesa a usted. Debían de ser más de las cinco cuando he llegado allí. Esto es muy poco satisfactorio, ¿verdad, inspector?

—Espero que podamos aproximarnos más, señor Weyman.

Bland había hablado en tono agradable, pero en su voz había una nota acerada que no escapó a la observación del joven arquitecto. Se sentó en el brazo de una butaca.

—En serio, ¿quién puede haber deseado la muerte de esa chica?

—¿No tiene usted ninguna idea sobre el particular, señor Weyman?

—Bueno, yo así, de pronto, diría que ha sido nuestra prolífica escritora, el Peligro Morado. ¿Ha visto usted el color de su majestuosa *toilette*? Yo opino que ha perdido un poco la cabeza y ha pensado que el «atrapa al asesino» resultaría mucho mejor con un cadáver auténtico. ¿Qué tal?

—¿Lo dice usted en serio, señor Weyman?

—Es la única posibilidad que se me ocurre.

—Quiero preguntarle otra cosa, señor Weyman: ¿ha visto usted a lady Stubbs durante la tarde?

—Claro que la he visto. Es imposible que pasara inadvertida, tal como iba vestida, como una modelo de Jacques Fath o de Christian Dior.

—¿Cuándo la ha visto por última vez?

—¿Por última vez? No sé. En actitud dramática, en el césped, a eso de las tres y media..., o quizá fueran las cuatro menos cuarto.

—¿Y después no ha vuelto a verla?

—No. ¿Por qué?

—Lo preguntaba porque desde las cuatro y media nadie parece haberla visto. Lady Stubbs ha... desaparecido, señor Weyman.

—¡Desaparecido! ¿Nuestra Hattie?

—¿Le sorprende?

—Sí, mucho... ¿Qué andará haciendo?

—¿Conoce usted bien a lady Stubbs, señor Weyman?

—No la había visto nunca hasta que vine aquí, hace cuatro o cinco días.

—¿Se ha formado usted alguna opinión sobre ella?

—Creo que sabe lo que le conviene mejor que mucha gente —dijo Michael Weyman con frialdad—. Es un poco una mujer florero, que sabe cómo sacar partido de su físico.

—Pero mentalmente no es muy despierta, ¿no es así?

—Depende de lo que entienda usted por «mentalmente» —respondió Michael Weyman—. Yo no diría que es una intelectual. Pero si cree usted que está mal de la cabeza, se equivoca. —Su voz adquirió un tono de amargura—. Yo creo que es todo lo contrario.

El inspector alzó las cejas.

—Esa es la opinión general.

—Por alguna razón, le gusta interpretar el papel de mujer ingenua. No sé por qué. Pero, como le he dicho antes, en mi opinión no tiene un pelo de tonta.

El inspector le observó unos segundos.

—¿Y no puede usted decirme con más exactitud por dónde ha estado a la hora que le he dicho? —preguntó.

—No, lo siento. —Weyman habló con voz entrecortada—. Tengo una memoria terrible, nunca he podido acordarme de las horas. —Y añadió—: ¿Ha terminado conmigo? ¿Puedo marcharme?

Ante una señal afirmativa del inspector, salió rápidamente de la habitación.

—Me gustaría saber —dijo Bland, un poco para sí y un poco para Hoskins— lo que ha ocurrido entre él y lady Stubbs. O bien él ha intentado algo y ella lo ha rechazado, o bien ha habido alguna bronca entre los dos. ¿Cuál es la opinión general por estos lares sobre sir George y su esposa?

—Ella está chiflada —dijo Hoskins.

—Ya sé que usted cree que está chiflada, Hoskins. ¿Es esa la opinión general?

—Yo creo que sí.

—Y sir George, ¿cuenta con la simpatía de la gente?

—Sí, cae bien. Es un buen deportista y entiende un poco de asuntos agrícolas. La señora mayor ha contribuido mucho a ello.

—¿Qué señora mayor?

—La señora Folliat, la que vive aquí, en la casa del guarda.

—Ah, claro. Los Folliat eran los antiguos dueños de Nasse-House, ¿no es así?

—Sí. Gracias a la señora, George y lady Stubbs han tenido una muy buena acogida. Los llevaba a todas partes con la gente de postín.

—¿Piensa usted que le han pagado para que lo hiciera?

—¿A la señora Folliat? ¡Oh, no! —Hoskins parecía escandalizado—. Creo que conocía a lady Stubbs antes de que se casara y que fue ella la que instó a sir George a que comprara la casa.

—Tengo que hablar con la señora Folliat —dijo el inspector.

—Una señora muy despierta. A esa mujer no se le escapa nada.

—Tengo que hablar con ella. ¿Dónde está en estos momentos?

Capítulo 11

I

La señora Folliat estaba en el gran salón, hablando con Hércules Poirot. El detective la había encontrado recostada en un rincón de la estancia. Cuando había entrado, la señora Folliat se había sobresaltado. Luego, recostándose de nuevo, había murmurado:

—¡Ah, es usted, monsieur Poirot...!

—Le pido mil perdones, madame. No quería molestarla.

—No, no. No me molesta. Estoy descansando, eso es todo. Ya no soy tan joven como antes. La impresión... ha sido demasiado fuerte para mí.

—Comprendo —repuso Poirot—. Comprendo perfectamente.

La señora Folliat, apretando entre su pequeña mano un pañuelo, tenía la vista fija en el techo.

—No puedo soportar ni pensar en ello —explicó con la voz medio ahogada por la emoción—. ¡Esa pobre chica!

—Sí, lo sé —dijo Poirot—. Lo sé.

—Tan joven —siguió la señora Folliat—. Empezando a vivir. —Y repitió—: No puedo soportar pensar en ello.

Poirot la observó con curiosidad. Parecía, pensó, haber envejecido unos diez años desde primera hora de la tarde, cuando la había visto interpretar graciosamente el papel de anfitriona que recibe a sus invitados. Ahora tenía el rostro contraído y ojeroso, surcado por profundas arrugas.

—No hace ni un día que me comentaba usted, madame, lo malo que es este mundo.

—¿Dije yo eso? —La señora Folliat pareció sobresaltarse—. Es cierto... Sí, estoy empezando a darme cuenta de cuán cierto es. —Y añadió en voz baja—: Pero no creí que fuera a ocurrir nada así.

De nuevo, la miró con curiosidad.

—¿Qué esperaba usted que ocurriera, entonces? ¿Esperaba algo?

—No, no. No he querido decir eso.

Poirot insistió.

—Pero usted esperaba que sucediese algo, algo fuera de lo normal.

—Me ha interpretado mal, monsieur Poirot. Solo he querido decir que una cosa así es lo último que uno esperaría que ocurriera en una fiesta como esta.

—También lady Stubbs ha hablado de maldad.

—¿Hattie? No me la mencione, no me la mencione. No quiero pensar en ella. —Se quedó en silencio durante un momento y luego prosiguió—: ¿Qué decía de la maldad?

—Estaba hablando de su primo Étienne de Sousa. Ha dicho que era malo, que era un hombre malo. Y también ha dicho que le tenía miedo.

Él la observaba, pero la señora Folliat se limitó a mover la cabeza con escepticismo.

—Étienne de Sousa... ¿Quién es?

—Claro, usted no ha desayunado con los demás. Lo había olvidado. Lady Stubbs ha recibido una carta de ese primo suyo, a quien no ha visto desde que tenía quince años. Le decía que iba a hacerle una visita hoy, esta tarde.

—¿Y ha venido?

—Sí. Ha llegado aquí a eso de las cuatro y media.

—¿No se referirá usted a ese joven guapo, moreno, que ha subido por el sendero del ferry? Me preguntaba quién podría ser.

—Sí, madame, ese es el señor De Sousa.

La señora Folliat dijo con energía:

—En su lugar, yo no haría caso de las cosas que dice Hattie. —Enrojeció ante la mirada sorprendida de Poirot y continuó—: Es como una niña, quiero decir que emplea términos de niño, bueno, malo... No hay término medio para ella. Yo no le daría ninguna importancia a lo que pueda decir sobre ese Étienne de Sousa.

Poirot volvió a quedarse sorprendido.

—Conoce usted muy bien a lady Stubbs, ¿no es así, madame Folliat? —preguntó.

—Probablemente todo lo bien que se la puede llegar a conocer. Quizá mejor incluso que su marido. ¿Y qué si es así?

—¿Cómo es en realidad, madame?

—¡Qué pregunta más extraña, monsieur Poirot!

—Sabe usted, madame, que lady Stubbs no aparece por ninguna parte, ¿verdad?

Su respuesta volvió a sorprenderla. No expresó preocupación ni sorpresa.

—¿Ha huido? —preguntó—. Ya, claro.

—¿Le parece natural?

—¿Natural? No sé. Con Hattie nunca se sabe.

—¿Cree usted que ha huido porque se siente culpable?

—¿Qué quiere usted decir, monsieur Poirot?

—Su primo ha estado hablando de ella esta tarde. De pasada, ha mencionado que siempre había sido una persona poco espabilada. Imagino que sabe usted, madame, que las personas como ella no son siempre responsables de sus actos.

—¿Qué está insinuando, monsieur Poirot?

—Esas personas son muy simples..., como niños. En un rapto de ira incluso pueden llegar a matar.

La señora Folliat se volvió hacia él, repentinamente airada.

—¡Hattie nunca ha sido así! No le permito que diga esas cosas. Era una chica dulce, cariñosa, aunque fuera... un poco simple. Hattie no hubiera matado a nadie.

Se encaró con él, con la respiración agitada, todavía indignada. Poirot se quedó sorprendido. Muy sorprendido.

II

De repente, Hoskins entró en la habitación y dijo, casi disculpándose:

—La andaba buscando, señora.

—Buenas tardes, Hoskins. —La señora Folliat recobró su habitual compostura; volvió a ser la dueña de Nasse-House—. ¿Quería usted algo?

—El inspector le envía sus respetos y desearía hablar con usted. Si está en condiciones, por supuesto —se apresuró a añadir, observando, como Hércules Poirot, en qué estado se encontraba.

—Claro que estoy en condiciones.

La señora Folliat se puso en pie y salió de la habitación detrás de Hoskins. Poirot, que se había levantado educadamente, se volvió a sentar y se quedó mirando al techo, desconcertado y con el ceño fruncido.

El inspector se puso en pie cuando la señora Folliat entró y el policía le apartó la silla para que pudiera sentarse.

—Siento molestarla, señora Folliat —dijo Bland—, pero me imagino que debe de conocer usted a todo el mundo por estos lares... y tal vez pueda ayudarnos.

La señora Folliat sonrió débilmente.

—Sí, supongo que conozco a todo el mundo de por aquí. ¿Qué quiere usted saber, inspector?

—¿Conocía usted a los Tucker? ¿A la familia y a la chica?

—Sí, mucho. Han trabajado siempre en nuestras tierras. La señora Tucker era la más joven de muchos hermanos. El mayor de ellos fue nuestro jardinero. Ella se casó con Alfred Tucker, un campesino... bastante tonto, pero muy agradable. La señora Tucker tiene muy mal carácter. Buena ama de casa, eso sí, y muy limpia; Tucker no puede pasar nunca más allá de la cocina con sus botas sucias puestas. Ese tipo de cosas. A sus hijos los regaña mucho. La mayoría de ellos se han casado y están trabajando. Solo quedaban en casa esta pobre chica, Marlene, y tres niños pequeños, dos críos y una cría, que todavía van a la escuela.

—Una cosa, señora Folliat. Conociendo a la familia como usted la conoce, ¿se le ocurre algún motivo por el que Marlene haya sido asesinada esta tarde?

—No, ninguno. Es completamente..., completamente increíble, no sé si me entiende, inspector. No andaba con ningún chico ni nada por el estilo, por lo menos no lo creo. En cualquier caso, yo no he oído nada.

—¿Y sobre la gente que ha intervenido en este «atrapa al asesino»? ¿Puede decirme usted algo al respecto?

—A la señora Oliver no la conocía. Es completamente distinta a la idea que yo tenía de una escritora de novelas policiacas. Está muy disgustada, pobrecilla, con lo que ha ocurrido... Como es natural.

—¿Y de los demás...? ¿Del capitán Warburton, por ejemplo?

—No veo la razón para que asesinara a Marlene Tucker, si es eso lo que quiere usted saber —respondió la señora Folliat con calma—. No me gusta mucho. Es un hombre taimado, pero supongo que los políticos tienen que estar al corriente de los trucos de la política. Desde luego, es muy activo y ha trabajado mucho para organizar la fiesta. Pero, en cualquier caso, no creo que hubiera podido matar a la chica, porque ha pasado toda la tarde en el césped.

El inspector asintió con un enérgico movimiento de cabeza.

—¿Y los Legge? ¿Qué sabe usted de ellos?

—Parecen un matrimonio muy agradable. Él tiene un carácter un poco... difícil, diría yo. No sé gran cosa de él. Ella era una Castairs, antes de su matrimonio, y conozco mucho a unos parientes suyos. Alquilaron Mill Cottage para tres meses, y espero que hayan disfrutado de sus vacaciones. Nos hemos hecho todos muy buenos amigos.

—Tengo entendido que es una señora muy guapa y elegante.

—Sí, muy guapa.

—¿Cree usted que sir George puede haber sentido algún tipo de atracción por ella?

La señora Folliat pareció muy sorprendida.

—No, no, estoy segura de que no hay nada de eso. Sir George está absorbido por sus negocios y quiere mucho a su mujer. No es ningún seductor.

—¿Y tampoco cree usted que haya habido nada entre lady Stubbs y el señor Legge?

De nuevo, la señora Folliat negó con la cabeza.

—No, por supuesto que no.

—¿No sabe usted si ha habido un disgusto de alguna clase entre sir George y su esposa? —insistió el inspector.

—Estoy segura de que no lo ha habido —afirmó la señora Folliat con énfasis—. Lo hubiera sabido.

—Entonces, ¿no será por alguna desavenencia con su marido por lo que lady Stubbs se ha marchado?

—No, no. —Y añadió en tono ligero—: Creo que la muy tonta no quería encontrarse con ese primo suyo. Alguna fobia infantil. Y se ha escapado, igual que haría una niña.

—Esa es su opinión. ¿Nada más?

—No. Espero que aparezca muy pronto. Y avergonzada de sí misma. —Y añadió, sin gran interés—: Por cierto, ¿qué ha sido de ese primo? ¿Sigue en la casa?

—Creo que ha vuelto a su yate.

—Y el yate está en Helmmouth, ¿no?

—Sí, en Helmmouth.

—Ya —dijo la señora Folliat—. Bien, es una pena que Hattie sea tan infantil. Sin embargo, si su primo piensa quedarse uno o dos días más, podremos convencerla de que se porte como es debido.

El inspector comprendió que aquella frase escondía una pregunta, pero no contestó.

—Probablemente —dijo— estará usted pensando que todo esto se aparta del asunto que debemos investigar. Pero creo que comprenderá usted, señora Folliat, que nuestro campo de acción es muy amplio. La señorita Brewis, por ejemplo. ¿Qué opina usted de ella?

—Es una secretaria excelente. Más que una secretaria. Hace casi las veces de ama de llaves. En realidad, no sé qué haría sin ella.

—¿Era secretaria de sir George Stubbs antes de su matrimonio?

—Creo que sí. No estoy segura del todo. La conocí cuando vino por aquí con ellos.

—No le tiene mucha simpatía a lady Stubbs, ¿verdad?

—No —respondió la señora Folliat—. Me temo que no. Estas secretarias eficientes no suelen querer a las mujeres de sus jefes, no sé si me entiende. Puede que sea algo natural.

—¿Ha sido usted o lady Stubbs quien ha pedido a la señorita Brewis que le llevara a la chica de la caseta unos pasteles y un refresco?

La señora Folliat pareció sorprendida.

—Recuerdo que la señorita Brewis ha cogido unos pasteles y varias cosas, y ha dicho que se los iba a llevar a Marlene. No sabía que nadie en particular le hubiera dicho que lo hiciera o se encargara de eso. Desde luego, yo no he sido.

—Ya. Dice usted que ha estado en la tienda donde se servía el té desde las cuatro en adelante. Creo que la señora Legge se encontraba también allí.

—¿La señora Legge? No, no creo. Por lo menos, no recuerdo haberla visto. En realidad, estoy completamente segura de que no estaba. Había venido mucha gente en el autobús de Torquay y recuerdo haber echado una ojeada a la tienda y haber pensado que debían de ser todos veraneantes; apenas he visto ninguna cara conocida. Con toda seguridad, la señora Legge ha ido más tarde a tomar el té.

—Bueno —dijo el inspector—, no importa. —Y añadió suavemente—: Bien. Creo que esto es todo. Gracias, señora Folliat; ha sido usted muy amable. Solo nos queda confiar en que lady Stubbs vuelva pronto.

—Yo también confío en ello —dijo la señora Folliat—. Nuestra querida Hattie no ha pensado en nuestra ansiedad.

Hablaba con vivacidad, pero su animación no era muy natural.

—Estoy segura —añadió— de que está bien. Perfectamente.

En aquel momento se abrió la puerta y entró una atractiva joven pelirroja y pecosa.

—He oído decir que había preguntado por mí... —dijo.

—Esta es la señora Legge, inspector —apuntó la señora Folliat—. Sally, querida, ¿te has enterado de la desgracia tan horrible que ha ocurrido aquí hoy?

—¡Ah, sí! Espantoso, ¿verdad? —se lamentó la señora Legge.

Suspiró, agotada, y se hundió en la butaca mientras la señora Folliat salía de la habitación.

—Siento muchísimo todo esto —dijo—. Parece increíble. Siento no poder ayudarle en nada. He estado leyendo las líneas de la mano toda la tarde, de modo que no he podido ver nada de lo que ocurría.

—Lo sé, señora Legge. Pero tenemos que hacerle a todo el mundo las mismas preguntas rutinarias. Por ejemplo, ¿dónde estaba usted entre las cuatro y cuarto y las cinco?

—He ido a tomar el té a las cuatro.

—¿En la tienda del té?

—Sí.

—Había mucha gente, según creo.

—Sí, una barbaridad.

—¿Ha visto usted a alguien conocido?

—Sí, algunas personas mayores. Nadie con quien me hable. ¡Dios mío, qué ganas tenía de tomarme un té! Como le digo, eso era a las cuatro. He vuelto a mi tienda a las cuatro y media, y he continuado con mi tarea. ¡Y no quiero ni pensar en lo que les estaría prometiendo al final a aquellas mujeres! Maridos millonarios, una carrera triunfal en Hollywood..., ¡cualquiera sabe! Los viajes por mar y las morenas sospechosas me parecían demasiado anodinos.

—¿Qué ocurrió durante la media hora en que estuvo usted ausente..., quiero decir, suponiendo que hubiera alguien que quisiera que le predijera el porvenir?

—Ah, colgué un letrero en la tienda: VUELVO A LAS CUATRO Y MEDIA.

El inspector anotó algo en su cuaderno.

—¿Cuándo vio usted a lady Stubbs por última vez?

—¿A Hattie? No sé. No andaba lejos cuando he salido de la tienda para ir a tomar el té, pero no he hablado con ella. No recuerdo haberla visto después. Alguien acaba de decirme que ha desaparecido, ¿es cierto?

—Sí, lo es.

—Ah, bueno —dijo Sally alegremente—, está un poquito tocada del ala, ¿sabe? Me imagino que el asesinato la asustó.

—Bien, muchas gracias, señora Legge.

La señora Legge se despidió a toda prisa. Al salir, se cruzó en la puerta con Hércules Poirot.

III

Mirando al techo, el inspector empezó a hablar:

—La señora Legge dice que estuvo en la tienda del té entre las cuatro y las cuatro y media. La señora Folliat dice que ella estaba allí, sirviendo té desde las cuatro en adelante, pero que la señora Legge no se encontraba entre las presentes. —Hizo una pausa y continuó—: La señorita Brewis dice que lady Stubbs le pidió que le llevara a Marlene Tucker una bandeja de pasteles y un zumo de frutas. Michael Weyman dice que es del todo imposible que lady Stubbs hiciera semejante cosa... Hubiera sido completamente impropio de ella.

—¡Ah —dijo Poirot—, las declaraciones que se contradicen! Sí, uno siempre se encuentra con esas cosas.

—¡Y qué molesto es ponerlas en claro! —exclamó el inspector—. Algunas veces tienen importancia, pero nueve de cada diez carecen de ella. Bueno, está bien claro que nos espera un trabajo penoso.

—¿Y qué es lo que opina usted ahora, *mon cher*?

—Creo —dijo el inspector con voz grave— que Marlene Tucker ha visto algo que no debería haber visto. Creo que Marlene Tucker ha sido asesinada por haber visto lo que vio.

—No le voy a contradecir —respondió Poirot—. El caso es saber qué vio.

—Puede haber visto un asesinato —sugirió el inspector—. O puede haber visto a la persona que cometió un asesinato.

—¿Asesinato? ¿De quién?

—¿Usted qué cree, Poirot? ¿Estará lady Stubbs viva o muerta?

El detective tardó unos segundos en contestar. Luego dijo:

—Yo creo, *mon ami*, que lady Stubbs está muerta. Y le voy a decir por qué lo creo. Porque madame Folliat lo cree. Sí, diga lo que diga, aunque finja pensar lo contrario, cree que Hattie Stubbs está muerta. Madame Folliat sabe muchas cosas que nosotros ignoramos.

Capítulo 12

Cuando Hércules Poirot bajó a desayunar a la mañana siguiente, se encontró con la mesa casi vacía. La señora Oliver, que aún sufría los efectos de lo que había pasado el día anterior, tomaba el desayuno en la cama. Michael Weyman había bebido una taza de café y se había ido temprano. Únicamente sir George y la fiel señorita Brewis estaban sentados a la mesa. Sir George daba indudables muestras de lo mal que se encontraba, siendo incapaz de probar bocado. Su plato, situado frente a él, estaba casi intacto. Apartó el pequeño montón de cartas que la señorita Brewis, después de haberlas abierto, le había colocado delante. Tomó un poco de café, como si no supiera lo que hacía.

—Buenos días, monsieur Poirot —dijo de un modo mecánico, cayendo luego de nuevo en su preocupación. De vez en cuando, profería exclamaciones en voz baja—. ¡Es increíble este maldito asunto! ¿Adónde puede haber ido?

—La investigación tendrá lugar el jueves, en el instituto —informó la señorita Brewis—. Han telefoneado para decírnoslo.

—¿La investigación? —dijo sir George—. ¡Ah, sí, claro! —Parecía ofuscado e indiferente. Después de tomar uno o dos sorbos más de café, añadió—: Nunca acaba uno de conocer a las mujeres. Pero ¿qué estará haciendo?

La señorita Brewis apretó los labios. Poirot observó acertadamente que se encontraba en un estado de gran tensión nerviosa.

—Hodgson viene a verle esta mañana —observó la señorita Brewis— para hablarle de la electrificación de los cobertizos donde se ordeña. Y a las doce viene el...

—No puedo ver a nadie —la cortó sir George—. ¡Échelos a todos! ¿Cómo diablos cree usted que puede ocuparse de los negocios un hombre al que la desaparición de su mujer lo tiene medio loco?

—Como usted diga, sir George.

La contestación de la señorita Brewis fue el equivalente doméstico al «como diga su señoría» de los tribunales. Su desagrado era evidente.

—¡Nunca se sabe —afirmó sir George— lo que las mujeres tienen en la cabeza o las tonterías que son capaces de hacer! Estará usted de acuerdo, ¿verdad? —le preguntó a Poirot.

—*Les femmes?* Son inexplicables —respondió este alzando las cejas y las manos con fervor gálico.

La señorita Brewis se sonó la nariz irritada por aquellos comentarios.

—Parecía que estaba bien —dijo sir George—. Estaba contentísima con su sortija nueva y se puso muy elegante para la fiesta. Todo como de costumbre. No es como si hubiéramos tenido un desencuentro o una disputa sobre cualquier cosa. Marcharse sin decir una palabra...

—Respecto a esas cartas, sir George... —empezó la señorita Brewis.

—¡Que se vayan al infierno las malditas cartas! —espetó este, y apartó su taza de café.

Cogió las cartas que estaban junto a su plato y casi se las tiró encima a la señorita Brewis.

—¡Contéstelas como le venga en gana! No quiero que me molesten. —Y continuó, más para sí mismo que para los demás, en tono dolido—: No puedo hacer nada... Ni siquiera sé si ese policía sirve. Habla con amabilidad y todo eso, pero...

—Creo que la policía es muy eficiente —apuntó la señorita Brewis—. Son muy buenos siguiendo las pistas de la persona desaparecida.

—A veces tardan días —dijo sir George— en encontrar a un chiquillo que se ha escapado de casa y se ha escondido en un pajar.

—No me parece probable que lady Stubbs esté en un pajar, sir George.

—¡Si al menos pudiera hacer algo! —repitió el desgraciado esposo—. Creo que voy a poner un anuncio en los periódicos. Tome nota, Amanda, por favor. —Se quedó un momento pensativo—. «Hattie. Por favor, vuelve a casa. Estoy desesperado. George.» En todos los periódicos, señorita Brewis.

—Lady Stubbs no lee mucho los periódicos, sir George —dijo esta con acritud—. No le preocupan las cosas de interés general o lo que ocurre por el mundo. —Y añadió con mala intención, aunque sir George no se encontraba en disposición de apreciarlo—: Claro que puede usted poner un anuncio en *Vogue*. Eso puede que atrajera su atención.

—Donde usted quiera, pero hágalo —respondió sir George ingenuamente.

Se levantó y caminó hacia la puerta. Con la mano en el picaporte se detuvo y volvió hacia atrás unos cuantos pasos. Le habló directamente al detective:

—Escuche, Poirot —dijo—, usted no cree que esté muerta, ¿verdad?

Este contestó con la vista fija en su taza de café:

—Creo, sir George, que es demasiado pronto para suponer una cosa así. Todavía no hay razón para alimentar semejante idea.

—¡Conque lo cree usted! —se lamentó sir George apesadumbrado—. Bueno —añadió en tono desafiante—, ¡pues yo no lo creo! Yo sé que está perfectamente.

Asintió varias veces con la cabeza en actitud cada vez más retadora y salió dando un portazo.

Poirot, pensativo, untó una tostada con mantequilla. En los casos en que se creía que una mujer había muerto asesinada, él sospechaba de forma automática del marido. (Asimismo, cuando era el marido el que moría, sospechaba de la esposa.) Pero en este caso no creía que sir George hubiera matado a lady Stubbs. Por lo que había observado, estaba completamente convencido de que sir George quería mucho a su mujer. Además, si su excelente memoria no le fallaba, y nunca le fallaba, sir George había estado en el césped toda la tarde, hasta el momento en que él y la señora Oliver habían ido a la caseta y habían descubierto el cadáver. Lo había visto cuando habían vuelto con la noticia. No, sir George no era responsable de la muerte de Hattie. Es decir, suponiendo que Hattie estuviera muerta. Después de todo, se dijo Poirot, todavía no había razón para creerlo. Lo que acababa de decirle a sir George era muy cierto. Pero en su interior estaba firmemente convencido de que se trataba de un asesinato, de un doble asesinato.

La señorita Brewis interrumpió sus pensamientos al decir con voz llena de rencor y en la que se adivinaban las lágrimas:

—¡Los hombres son tan estúpidos...! ¡Unos completos estúpidos! Muy inteligentes para muchas cosas y luego van y se casan con quien menos les conviene.

Poirot siempre estaba dispuesto a dejar hablar a la gente. Cuantas más personas le hablaran y cuanto más le dijeran, mejor. Casi siempre se encontraba entre la paja un grano de trigo utilizable.

—¿Le parece a usted que ha sido un matrimonio desafortunado? —preguntó.

—Desastroso..., completamente desastroso.

—¿Quiere usted decir que... no han sido felices?

—Ella ha ejercido una influencia nefasta sobre él, en todos los sentidos.

—Muy interesante lo que dice. ¿Qué clase de influencia?

—Lo lleva y lo trae a su antojo. Hace que le compre regalos muy caros... Tiene más joyas de las que pueda ponerse una mujer. Y pieles. Tiene dos abrigos de visón y uno de armiño ruso. ¿Para qué puede querer una mujer dos abrigos de visón, dígame usted?

—No lo sé —dijo el detective, negando con la cabeza.

—¡Astuta! —continuó la señorita Brewis—. ¡Falsa! Siempre haciéndose la simple, sobre todo cuando había gente. ¡Creería que así le gustaba a él!

—¿Y le gustaba así a él?

—¡Bah, los hombres! —soltó la señorita Brewis con

voz temblorosa y al borde de la histeria—. No aprecian la eficacia, ni la generosidad, ni la lealtad, ni ninguna de esas bellas cualidades. Con una mujer inteligente y capaz, sir George hubiera llegado a cualquier parte.

—¿Adónde? —preguntó Poirot.

—Pues podría haber tomado parte en los asuntos de la región. O presentarse al Parlamento. Vale mucho más que el pobre señor Masterton. No sé si ha oído usted alguna vez al señor Masterton en una tribuna... Es un orador vacilante y de lo más vulgar. Debe su posición a su mujer, completamente. Es la señora Masterton la que maneja. Es ella la que tiene toda la energía, la iniciativa y la agudeza política.

Poirot se estremeció de horror ante la idea de ser el marido de la señora Masterton, pero convino con sinceridad con las palabras de la señorita Brewis.

—Sí —coincidió—, es todo lo que usted dice. *Une femme formidable* —murmuró para sí.

—Sir George no tiene ambición alguna —continuó la señorita Brewis—. Parece tan contento de vivir aquí, trabajar un poquito y hacer el papel de hacendado, yendo a Londres de cuando en cuando para atender a las empresas que dirige y todo eso, pero podría llegar mucho más lejos. Es un hombre en verdad notable, monsieur Poirot. Esa mujer nunca lo ha comprendido. Lo considera una máquina de regalar abrigos de pieles, joyas y vestidos caros. Si estuviese casado con alguien que apreciara de verdad su inteligencia...

La voz le temblaba, insegura, y se calló de pronto.

Poirot la miró con una compasión genuina. La señorita Brewis estaba enamorada de su jefe. Le profesaba una devoción fiel, leal y apasionada, de la cual probablemente él no se daba cuenta y que, desde luego, no le hubiera interesado. Para sir George, Amanda Brewis era una máquina eficiente que le libraba de las cargas de la vida diaria, que contestaba a las llamadas telefónicas, escribía cartas, contrataba a los criados, disponía las comidas y, en general, le hacía la vida más fácil. Poirot dudó que la hubiera mirado alguna vez como a una mujer. Y eso, pensó, tenía sus peligros. En tales circunstancias, ella podía alcanzar un alto grado de excitación, de histeria alarmante, sin que el despreocupado objeto de su devoción se diera la menor cuenta.

—Es una gata astuta, intrigante y hábil —dijo la señorita Brewis llorando.

—Dice usted «es», no «era» —respondió Poirot.

—¡Claro que no está muerta! —exclamó la señorita Brewis con rencor—. ¡Se marchó con un hombre, eso es lo que hizo! ¡Es de esa clase de mujer!

—Es posible. Eso siempre es posible —convino Poirot.

Cogió otra tostada; examinó tristemente el bote de mermelada de cítricos; miró por la mesa por si había cualquier clase de mermelada dulce y, al no verla, se resignó a tomar mantequilla.

—Es la única explicación —dijo la señorita Brewis—. Claro que a él nunca se le ocurriría...

—¿Ha habido... algún... problema con algún hombre? —preguntó Poirot con delicadeza.

—Ha sido muy hábil —contestó la señorita Brewis.

—¿Quiere decir que usted no ha observado nada de eso?

—Ya tendría buen cuidado de que yo no me diera cuenta.

—Pero usted cree que puede que haya habido..., cómo diríamos..., ¿algún episodio secreto?

—Ha hecho todo lo que ha podido para embaucar a Michael Weyman —dijo la señorita Brewis—. ¡Llevándolo a ver el jardín de las camelias en esta época del año! ¡Fingiendo interesarse por el pabellón de tenis!

—Después de todo, ese es el motivo de su presencia aquí, y tengo entendido que sir George lo ha mandado construir principalmente por complacer a su esposa.

—Ella no juega bien al tenis. No vale para ningún deporte. Lo único que quiere es un sitio bonito donde sentarse mientras los demás corren y se sofocan. Ah, sí, ya lo creo, ha hecho todo lo que ha podido para embaucar a Michael Weyman. Y con toda probabilidad lo hubiera conseguido si este no hubiera tenido otras cosas en que pensar.

—Ah —dijo Poirot, poniendo un poquito de mermelada de cítricos en una esquina de su tostada y cogiendo un bocado, con miedo—. ¿Conque el señor Weyman tiene otras cosas en que pensar?

—Fue la señora Legge quien lo recomendó a sir George —apuntó la señorita Brewis—. Lo conocía de cuando era soltera. Vivía en Chelsea, creo. Ella antes de casarse pintaba, ¿sabe?

—Parece una joven muy atractiva e inteligente —opinó Poirot, tanteando el terreno.

—Ah, sí, es muy inteligente —afirmó la señorita Brewis—. Fue a la universidad y creo que, si no se hubiera casado, habría hecho carrera.

—¿Hace mucho que se casó?

—Creo que hace unos tres años. Me parece que el matrimonio no ha resultado muy bien.

—¿Hay... incompatibilidad?

—Él es un hombre extraño, con un carácter muy difícil. Anda mucho solo y algunas veces lo he visto muy enfadado con ella.

—Ah, bueno —dijo Poirot—; las peleas y las reconciliaciones forman parte de los primeros años de la vida matrimonial. Sin ellas, es posible que la existencia fuera muy monótona.

—Desde que ha llegado Michael Weyman, ella le ha dedicado mucho tiempo —dijo la señorita Brewis—. Yo creo que él estaba enamorado de ella antes de que se casara con Alec Legge. Supongo que por parte de ella se trata solo de un coqueteo.

—Pero ¿al señor Legge no le agradó, quizá?

—Nunca se sabe lo que piensa. ¡Es un hombre tan ensimismado! Pero creo que últimamente ha estado de peor humor que nunca.

—¿No siente admiración por lady Stubbs?

—Es probable que ella lo creyera así. ¡Piensa que con mover un dedo todos los hombres se enamoran de ella!

—En cualquier caso, si se ha marchado con alguien, como usted insinúa, no ha sido con el señor Weyman, porque él sigue aquí.

—Es alguien con quien se ha estado viendo a escondidas, no tengo la menor duda —aseguró la señorita Brewis—. Con frecuencia se escabulle de la sala a la chita callando y se marcha a los bosques sola. Anteanoche salió. Estaba bostezando y dijo que se iba a la cama. Pero yo la vi, menos de media hora más tarde, escabulléndose por la puerta lateral, con un chal en la cabeza.

Poirot contempló pensativo a la mujer sentada frente a él. Se preguntó si podría concederse algún crédito a lo que decía la señorita Brewis en lo que se refería a lady Stubbs, o si estaría tratando de engañarse a sí misma. La señora Folliat, estaba seguro, no compartía las ideas de la señorita Brewis, y conocía a Hattie mucho mejor. A la señorita Brewis le habría venido muy bien que lady Stubbs se hubiera fugado con un amante. Ya estaba ella para consolar al afligido esposo y para ocuparse con eficiencia de los detalles del divorcio. Pero el que lo deseara no hacía que fuera cierto, ni siquiera probable. Si Hattie Stubbs se había marchado con su amante, había escogido un momento muy curioso para hacerlo, pensó Poirot. Por su parte, él no creía, por más vueltas que le daba, que lo hubiera hecho.

La señorita Brewis soltó un resoplido y reunió un montón de cartas desparramadas.

—Si sir George quiere realmente que se pongan esos anuncios, será mejor que me ocupe de ello —dijo—. Una tontería y una pérdida de tiempo. Ah, buenos días, señora Masterton —añadió cuando la puerta se abrió y por ella apareció, autoritaria, la señora Masterton.

—¡He oído decir que la investigación se ha fijado para el jueves! —tronó—. Buenas, monsieur Poirot.

La señorita Brewis se detuvo con las manos llenas de cartas.

—¿Puedo ayudarla en algo, señora Masterton? —preguntó.

—No, gracias, señorita Brewis. Supongo que tendrá usted bastante de lo que ocuparse esta mañana, pero sí quiero darle las gracias por el excelente trabajo que hizo ayer. Es usted tan trabajadora y sabe organizar las cosas tan bien... Todos le estamos muy agradecidos.

—Gracias, señora Masterton.

—Bueno, no quiero entretenerla. Me sentaré a hablar un momento con monsieur Poirot.

—¡Encantado, madame! —dijo este.

Se había puesto en pie e inclinó ligeramente la cabeza.

La señora Masterton acercó una butaca y se sentó. La señorita Brewis recuperó su habitual actitud eficiente y salió de la habitación.

—Es una mujer maravillosa —dijo la señora Masterton—. No sé lo que hubieran hecho los Stubbs sin ella. Llevar una casa es muy difícil en estos tiempos. La pobre Hattie no hubiera podido con ese trabajo. Qué cosa más extraordinaria, monsieur Poirot. He venido a pedirle su opinión.

—¿Y cuál es la suya, madame?

—Bueno, no es una idea agradable, pero yo creo que un loco anda suelto por esta región. Espero que no sea alguien de por aquí. Puede que lo hayan dejado salir de un manicomio... En estos tiempos, los dejan salir a medio curar. Lo que quiero decir es que nadie podía desear estrangular a la chica de Tucker. No puede haber el menor motivo, a no ser que se trate de un demente. Y si ese hombre, quienquiera que sea, es un demente, lo más probable es que haya estrangulado también a esa pobre chica, Hattie Stubbs. La pobre no es muy despierta. Si se encontró con un hombre de aspecto normal que le pidió que lo acompañara al bosque a ver cualquier cosa, probablemente se fue con él, dócil como un corderito, sin sospechar nada.

—¿Cree usted que su cadáver estará en algún lugar de la finca?

—Sí, monsieur Poirot, lo creo. Lo encontrarán cuando rastreen el terreno. Claro que, con una extensión de más de veinticinco hectáreas de tierra, habrá mucho que peinar si lo han escondido entre la maleza o lo han tirado por una pendiente y se encuentra en el fondo, entre los árboles. Lo que necesitan son sabuesos —dijo la señora Masterton, y, según hablaba, ella misma parecía un sabueso—. ¡Sabuesos! Llamaré yo misma al jefe de la policía y se lo diré con claridad.

—Es muy posible que tenga usted razón, madame —afirmó Poirot.

Esta era, evidentemente, la única contestación que podía dársele a la señora Masterton.

—Claro que tengo razón —repuso ella—, pero me tiene muy intranquila el que ese individuo ande por los alrededores. Cuando salga de aquí voy a ir a las casas del pueblo a advertir a las madres de que tengan mucho cuidado con sus hijas..., que no las dejen salir solas. No resulta agradable, monsieur Poirot, la idea de tener un asesino entre nosotros.

—Una cosa, madame, ¿cómo pudo un extraño haber entrado en la caseta de los botes? Hubiera necesitado una llave.

—Ah, eso fue muy sencillo —dijo la señora Masterton—. Ella salió de la caseta, por supuesto.

—¿Que salió de la caseta?

—Sí. Supongo que se aburriría, como cualquier chica de su edad. Seguramente se dedicaría a vagar por ahí. Lo más probable, creo yo, es que viera al asesino de Hattie Stubbs. Oyó una pelea o algo así, fue a ver, y el asesino tuvo que matarla también a ella, por supuesto. Sería muy fácil para él llevarla de nuevo a la caseta, dejarla allí y tirar de la puerta al salir. Tenía una cerradura Yale. Se cerraba sola.

Poirot asintió con la cabeza. No era su intención discutir con la señora Masterton ni hacerle notar el interesante hecho de que, si Marlene Tucker hubiera sido asesinada fuera de la caseta, el asesino habría tenido que conocer bastantes detalles del juego para posicionarla en el lugar exacto y en la postura que debía adoptar. En lugar de ello, dijo con amabilidad:

—Sir George Stubbs confía en que su esposa siga con vida.

—Lo dice porque quiere creerlo. La amaba mucho, ¿sabe? —Y añadió inesperadamente—: Me gusta sir George, a pesar de su origen, de que provenga del mundo de los negocios y todo eso. Se le ha acogido muy bien en la provincia. Lo peor que tiene es que es un poquito esnob. Pero, después de todo, el esnobismo es una cosa bastante inofensiva.

—En estos tiempos, madame, el dinero tiene tanto valor como la buena cuna —apuntó Poirot con un punto de cinismo.

—Estoy completamente de acuerdo con usted. Él no tiene necesidad de ser esnob... Con comprar la casa y tirar el dinero, hubiéramos venido todos a visitarle. Pero se le aprecia de verdad. No es solo por el dinero. Claro que Amy Folliat ha tenido algo que ver con esto. Los ha presentado en todas partes y, como tiene mucha influencia por esta zona... ¡Los Folliat llevan aquí desde los lejanos tiempos de los Tudor!

—Siempre ha habido algún Folliat en Nasse-House —murmuró Poirot para sí.

—¡Sí! —La señora Masterton suspiró—. Es triste todo lo que se ha llevado la guerra. Jóvenes muertos en el frente, impuestos de sucesiones... y todo eso. Y luego, el que hereda una propiedad como esta no puede sostenerla y no le queda más remedio que venderla...

—Pero madame Folliat, aunque ha perdido su hogar, continúa viviendo en la finca.

—Sí. Y ha puesto muy mona la casa del guarda. ¿Ha estado usted dentro?

—No... Nos despedimos cuando llegamos al umbral de la puerta.

—No a todo el mundo le hubiera hecho gracia —dijo la señora Masterton— verse obligado a vivir en la casa del guarda del que fue su antiguo hogar y ver instaladas en él a personas extrañas. Pero si he de hacer justicia a Amy Folliat, no creo que ella se sienta amargada por ello. En realidad, fue ella la que lo planeó todo. No hay duda de que animó a Hattie a venir aquí y consiguió que convenciera a George Stubbs. Yo creo que lo que Amy Folliat no hubiera podido soportar habría sido ver su casa convertida en un albergue o una institución, o que la derribaran para construirla de nuevo. —Se puso en pie—. Bueno, tengo que marcharme. Soy una mujer muy ocupada.

—Claro. Tiene usted que hablar con el jefe de policía sobre los sabuesos.

La señora Masterton soltó una carcajada profunda, muy parecida a un ladrido.

—Crie sabuesos, en otros tiempos —dijo—. La gente me dice que me parezco un poco a ellos.

Poirot se quedó un poco desconcertado y ella fue lo bastante aguda para notarlo.

—Apuesto algo a que usted también lo ha pensado, monsieur Poirot —concluyó la dama.

Capítulo 13

Cuando la señora Masterton se hubo marchado, Poirot salió y se paseó por los bosques. No tenía los nervios tan templados como de costumbre. Sentía un deseo irrefrenable de mirar detrás de cada arbusto y examinar cada macizo de rododendros en busca de un cadáver. Al llegar al templete entró en él y se sentó en un banco de piedra para descansar los pies que, como de costumbre, estaban aprisionados en zapatos de charol, ceñidos y puntiagudos.

Por entre los árboles vislumbraba el río, que relucía débilmente, y la orilla opuesta, cubierta de árboles. Coincidió con el joven arquitecto en que aquel no era lugar apropiado para colocar una fantasía arquitectónica de aquella clase. Claro que podían talarse algunos árboles, pero incluso así no se obtendría una buena vista. Mientras que, como Michael Weyman había dicho, en el montículo, junto a la casa, podría haberse construido un templete con una vista muy pintoresca río abajo, hasta Helmmouth. Los pensamientos de Poirot cambiaron bruscamente de rumbo. Helmmouth, el yate Espérance y Étienne de Sousa. Todo tenía que ensamblarse y formar una especie de tejido, pero no podía imaginar el aspecto de ese tejido. Aquí y allá aparecían hilos tentadores, pero eso era todo. Algo reluciente atrajo su mirada y se agachó a recogerlo. Estaba en una pequeña grieta de la base de hormigón del templete. Lo colocó en la palma de la mano y le pareció reconocerlo. Era un pequeño adorno de oro, en forma de aeroplano. Mientras lo contemplaba, con el ceño fruncido, una escena acudió a su imaginación. Un brazalete, un brazalete de oro con adornos tintineantes. Se vio de nuevo sentado en la tienda; la voz de madame Zuleika, alias Sally Legge, hablaba de mujeres morenas, viajes por mar y una carta con buenas noticias. Sí, llevaba un brazalete, del que colgaba una multitud de pequeños objetos de oro. Aquellas pulseras habían estado de moda cuando Poirot era joven y volvían a estarlo ahora. Probablemente, por ese motivo le habían llamado la atención. Era de suponer que la señora Legge se había sentado en el templete y uno de los adornos se le había caído del brazalete. Puede que ni siquiera se hubiera dado cuenta. Puede que hubiera ocurrido hacía días, quizá semanas. O podía haber ocurrido la tarde anterior...

Poirot consideró la última posibilidad. Luego oyó unos pasos fuera y levantó la vista. Una figura dio la vuelta al templete y se detuvo en la parte delantera, sobresaltada, al ver a Poirot. El detective observó al joven delgado y rubio, que llevaba una camisa con distintas variedades de tortugas de mar y de tierra. La camisa resultaba inconfundible. La había visto de cerca el día anterior, cuando el chico estaba lanzando cocos.

Observó la extraordinaria confusión del joven, que dijo con acento extranjero:

—Perdone..., no sabía...

Poirot sonrió amablemente, pero con un gesto de reprobación.

—Me temo —indicó— que se ha metido usted en una propiedad privada.

—Sí, lo siento.

—¿Está usted en el albergue?

—Sí, sí. Había pensado que a lo mejor se podía cruzar por los bosques hasta el embarcadero.

—Me parece —respondió Poirot con educación— que tendrá usted que volver por donde ha venido.

El joven, mostrando toda su dentadura en una sonrisa que pretendía ser amable, repitió:

—Lo siento. Lo siento mucho.

Hizo una leve inclinación de cabeza y se marchó.

Poirot salió del templete y volvió al sendero, observando cómo el chico se alejaba. Cuando llegó al final de la vereda, el muchacho miró por encima del hombro. Al ver a Poirot, apresuró el paso y desapareció tras un recodo del sendero.

«*Eh bien!* —se dijo Poirot—. ¿Habré visto a un asesino o no? Vamos...»

El joven, desde luego, había estado en la fiesta el día anterior y había puesto mal gesto al tropezar con Poirot; por lo tanto, debía de saber muy bien que no estaba permitido el paso a través de los bosques hasta el embarcadero. Si realmente estuviera buscando un camino para llegar al barco, no habría cogido el del templete, sino que hubiera continuado más abajo, al nivel del río. Además, había llegado al templete con el aire del que llega al lugar de una cita y se sorprende al encontrar a quien no espera.

«Conque esto es lo que hay —se dijo Poirot—. Ha venido aquí a reunirse con alguien. ¿Con quién sería? ¿Y para qué?»

Bajó despacio hasta la vuelta del camino y miró a lo lejos, donde este se perdía entre los árboles. Ya no se veía al joven de la camisa de tortugas. Probablemente había considerado prudente retirarse lo más deprisa posible. Poirot regresó sobre sus pasos, moviendo la cabeza, como si dudara de algo.

Absorto en sus pensamientos, dio la vuelta al templete y se detuvo en el umbral. Se sobresaltó cuando vio a Sally Legge, de rodillas, con la cabeza inclinada sobre las grietas del suelo. Se puso en pie de un salto, asustada.

—¡Ah, monsieur Poirot, qué susto me ha dado! ¡No le he visto venir!

—¿Buscaba usted algo?

—Yo... no, no, nada en particular.

—Puede que haya perdido usted algo —dijo Poirot—, que se le haya caído algo. O puede que... —adoptó una actitud picaresca y galante— o puede que tuviera usted una cita. No sería yo la persona con quien habría quedado, ¿no?

Sally Legge había recobrado ya su aplomo.

—Pero ¿se tienen citas a media mañana? —preguntó.

—Algunas veces —dijo Poirot— uno tiene que citarse a la única hora que puede. Algunos maridos —añadió en tono sentencioso— son celosos.

—No creo que mi marido lo sea —respondió Sally Legge con cierta ironía.

Había hablado en tono ligero, pero Poirot intuyó que tras sus palabras había una nota de amargura.

—Está tan absorbido por sus propios asuntos...

—Todas las mujeres se quejan de sus maridos por lo mismo —dijo Poirot—, especialmente si son ingleses.

—Ustedes los extranjeros son más galantes.

—Sabemos que es necesario decirle a una mujer, por lo menos una vez a la semana, y mejor tres o cuatro veces, que la queremos; y también que es conveniente llevarle unas flores, hacerle un cumplido, decirle que está guapa con su vestido o su sombrero nuevo...

—¿Hace usted eso?

—Yo, madame, no estoy casado —respondió Poirot—. ¡Por desgracia!

—Estoy segura de que no lo considera usted una desgracia. Estoy segura de que está usted encantado de ser un soltero sin quebraderos de cabeza.

—No, no, madame; es horrible, la infinidad de cosas que me he perdido en la vida.

—Yo creo que casarse es una tontería —soltó Sally Legge.

—¿Echa usted de menos los tiempos en que pintaba en su estudio de Chelsea?

—Parece usted muy enterado de mis cosas, monsieur Poirot.

—Soy un chismoso —confesó él—, me gusta saberlo todo. —Y continuó—: ¿Los echa usted de menos de verdad, madame?

—Ah, no sé.

Se sentó con impaciencia. Poirot se sentó a su lado.

Y una vez más fue testigo de un fenómeno al que estaba acostumbrándose. Aquella atractiva pelirroja estaba a punto de decirle algo que, con toda seguridad, no le hubiera dicho a un inglés.

—Albergaba la esperanza —dijo Sally Legge— de

que cuando viniéramos aquí de vacaciones, lejos de todo, las cosas volverían a estar como antes... Pero no ha sido así.

—¿No?

—No. Alec sigue de tan mal humor y, ¡ah, no sé!, encerrado en sí mismo. Ignoro qué le pasa. Siempre está con los nervios de punta. Recibe llamadas telefónicas y dejan recados extraños, y no me cuenta nada. Eso es lo que me indigna. ¡Que no me cuenta nada! Al principio, creí que sería una mujer, pero, después de pensarlo, no lo creo. No...

Pero en su voz había una falta de seguridad que Poirot descubrió enseguida.

—¿Le gustó ayer su té, madame? —preguntó.

—¿Que si me gustó mi té?

Sally le miró con el ceño fruncido, como si sus pensamientos volvieran de muy lejos. Luego dijo con cierto apresuramiento:

—Ah, sí. No tiene usted idea de lo cansada que estaba, sentada en aquella tienda y envuelta en todos aquellos velos. Era asfixiante.

—La atmósfera de la tienda donde se servía el té también debía de ser asfixiante, ¿no?

—Ah, sí, también. Pero no hay nada como una tacita de té, ¿verdad?

—Buscaba usted algo hace un momento, ¿verdad, madame? ¿No sería esto, por casualidad?

Extendió la mano mostrándole en su palma el pequeño adorno de oro.

—Yo... Ah, sí. Ah, muchas gracias, monsieur Poirot. ¿Dónde lo encontró?

—Estaba aquí, en el suelo, en aquella grieta.

—Debe de habérseme caído.

—¿Ayer?

—No, ayer no. Hace más tiempo.

—Pero, madame, estoy seguro de que tenía usted en la muñeca este adorno cuando estaba leyéndome las líneas de la mano.

Nadie sería capaz de mentir descaradamente mejor que Hércules Poirot. Habló con una seguridad absoluta y Sally Legge bajó los párpados.

—No... recuerdo bien —dijo—. Hasta esta mañana no lo he echado en falta.

—Me alegro, entonces —contestó Poirot, galante—, de poder devolvérselo.

Ella, nerviosa, le daba vueltas al adorno entre los dedos. Luego se levantó.

—Bueno, monsieur, gracias, muchas gracias. —Respiraba con dificultad y su mirada expresaba nerviosismo.

Salió apresuradamente del templete. Poirot se recostó en su asiento y movió la cabeza.

«No —pensó—. No. Tú no fuiste ayer tarde a la tienda donde se servía el té. Si tenías tanto interés en saber si eran las cuatro no era porque quisieras tomar un té. Fue aquí adonde viniste ayer por la tarde. A mitad del camino de la caseta de los botes. Viniste aquí a encontrarte con alguien.»

Oyó de nuevo pasos que se aproximaban. Pasos rápidos, impacientes. «Y puede que aquí venga —dijo Poirot sonriendo ante la idea— la persona con quien la señora Legge vino a reunirse a este lugar.»

Pero entonces, por la esquina del templete, apareció Alec Legge y Poirot exclamó:

—¡Me he equivocado otra vez!

—¿Eh? ¿Qué dice?

Alec Legge pareció sobresaltarse.

—Decía —explicó Poirot— que me he equivocado de nuevo. No me equivoco con frecuencia —explicó— y me desespero cuando ocurre. No era a usted a quien esperaba ver ahora.

—¿A quién esperaba ver? —preguntó Alec Legge.

Poirot se apresuró a replicar:

—A un joven..., casi un chiquillo, con una de esas camisas de dibujos muy alegres, llena de tortugas.

Le satisfizo el efecto de sus palabras. Alec Legge avanzó un paso hacia él, hablando de un modo incoherente:

—¿Cómo lo sabe? ¿Cómo...? ¿Qué quiere usted decir?

—Soy adivino —respondió el detective cerrando los ojos.

Alec Legge avanzó otro par de pasos. Poirot comprendió que tenía frente a él a un hombre cegado por la ira.

—¿Qué diablos ha querido usted decir? —preguntó, un tanto preocupado.

—Creo que su amigo ha vuelto al albergue juvenil —dijo Poirot—. Si quiere usted verlo, tendrá que ir hasta allí.

—¡Conque esas tenemos! —murmuró Alec Legge. Se dejó caer en el otro extremo del banco de piedra y añadió—: ¿De modo que es por eso por lo que está usted aquí? No era para «entregar los premios». Debí haberlo comprendido. —Volvió hacia Poirot un rostro ansioso y triste—. Ya sé lo que debe de parecer todo esto. Ya sé lo que parece. Pero no es lo que usted cree. Soy una víctima de todos ellos. Le digo a usted que, una vez que se deja coger uno por las garras de esta gente, no es fácil librarse. Y yo quiero librarme. Ese es el quid de la cuestión. Yo quiero librarme. Se desespera uno. Le entran a uno deseos de tomar medidas desesperadas. Está uno como un ratón en una ratonera y con la sensación de no poder hacer nada. ¡Ah, bueno, de nada sirve hablar! Supongo que ya sabe usted lo que quería saber. Ya tiene usted sus pruebas.

Se levantó, se tambaleó un poco, como si apenas pudiera ver el camino; luego salió precipitadamente, sin volver la vista.

Hércules Poirot se quedó atrás, con los ojos muy abiertos y las cejas levantadas.

—Todo esto es muy curioso —dijo—. Curioso e interesante. Tengo las pruebas que necesitaba. Pero ¿pruebas de qué? ¿De un asesinato?

Capítulo 14

I

El inspector Bland estaba sentado en la comisaría de policía de Helmmouth. El superintendente Baldwin, un hombre alto, de aspecto vivaz, se encontraba al otro lado de la mesa. Entre los dos hombres había un bulto negro, empapado. El inspector Bland lo tocó cuidadosamente con el dedo.

—No hay duda de que es un sombrero —dijo—. Estoy seguro, aunque no creo que pudiera jurarlo. Parece que le gustaba esa forma. Eso me dijo la doncella. Tenía uno o dos del estilo. Uno rosa pálido y otro amoratado, pero ayer llevaba el negro. Sí, es este. ¿Y lo han sacado ustedes del río? Eso parece indicar que estábamos en lo cierto.

—No hay nada seguro todavía —opinó Baldwin—. Después de todo —añadió— cualquiera pudo tirar el sombrero al río.

—Sí —convino Bland—. Pudieron tirarlo desde la caseta de los botes o desde un yate.

—El yate está perfectamente vigilado —dijo Baldwin—. Si está allí, viva o muerta, allí sigue.

—¿No ha bajado él a tierra hoy?

—Hasta ahora no. Sigue a bordo. Ha estado sentado fuera, en una silla extensible, fumando un cigarrillo.

El inspector Bland echó una ojeada al reloj.

—Ya casi es la hora de subir a bordo —dijo.

—¿Cree usted que la encontrará? —preguntó Baldwin.

—No lo aseguraría —respondió Bland—. Barrunto que es un tipo muy listo. —Se sumió por un momento en sus pensamientos y volvió a tocar el sombrero. Luego añadió—: Y respecto al cadáver, en caso de que lo haya, ¿tiene usted alguna idea?

—Sí. Hablé con Otterwin esta mañana. Es un guardacostas jubilado. Siempre le consulto acerca de todo lo relacionado con mareas y corrientes. A la hora en que esa señora fue a parar al río, suponiendo que acabara allí, la marea estaba baja. Como hay luna llena, subiría rápidamente. Opina que el cadáver sería arrastrado por el mar y que la corriente lo llevaría hacia la costa de Cornualles. No puede saberse con seguridad el lugar donde aparecería el cuerpo, ni siquiera si aparecería en algún sitio. Hemos tenido aquí dos ahogados cuyos cadáveres no han sido recuperados. Además, se destrozan contra las rocas junto a Start Point. Aunque bien podría aparecer cualquier día.

—Si no aparece, habrá dificultades —comentó Bland.

—¿Está usted firmemente convencido de que fue a parar al río? —preguntó Baldwin.

—No se me ocurre otra cosa. Hemos vigilado los autobuses. Este lugar es un callejón sin salida. Iba vestida de un modo muy llamativo y no se llevó con ella otros vestidos. Yo diría que no salió de Nasse. Su cadáver está en el mar o escondido en algún lugar de la finca. Lo que ahora necesito —continuó apesadumbrado— es el móvil. Y el cadáver, por supuesto —añadió como recordando de pronto—. No es posible llegar a ninguna parte sin el cadáver.

—¿Y la otra chica?

—Vio el primer asesinato... o algo. Acabaremos descubriendo los hechos. Pero no va a ser fácil.

Baldwin miró el reloj.

—Es hora de irnos —dijo.

De Sousa recibió a los policías a bordo del Espérance haciendo gala de su encantadora cortesía. Les ofreció algo de beber, invitación que ellos rechazaron, y a continuación se mostró amablemente interesado por sus pesquisas.

—¿Han adelantado ustedes en su investigación de la muerte de esa chica?

—Estamos progresando bastante —respondió el inspector Bland.

El superintendente tomó las riendas y expresó con mucha delicadeza el objeto de su visita.

—¿Les gustaría registrar el Espérance? —A De Sousa no pareció enfadarle la idea, sino más bien divertirle—. Pero ¿por qué? ¿Creen ustedes que tengo escondido al asesino, o que el asesino soy yo mismo?

—Es necesario, señor De Sousa. Estoy seguro de que lo comprende. La autorización de registro...

De Sousa alzó las manos.

—Pero si estoy impaciente por colaborar con ustedes... ¡Si no deseo otra cosa! Vamos a tratar esto entre amigos. Tienen ustedes libertad absoluta para registrar todo lo que quieran. Ah, ¿a lo mejor creen ustedes que tengo aquí a mi prima, a lady Stubbs? ¿Creen que se ha escapado de su marido y ha venido a refugiarse aquí? Pero registren, caballeros, registren, por favor.

Se pusieron manos a la obra. El registro fue muy concienzudo. Al cabo de un buen rato, esforzándose por ocultar su desilusión, los dos policías se despidieron del señor De Sousa.

—¿No han encontrado ustedes nada? ¡Lo lamento mucho! Pero ya se lo había advertido... Tomarán algo, ¿no?

Los acompañó hasta el bote, que los esperaba al lado del Espérance.

—¿Y yo? —preguntó—. ¿Puedo marcharme? Comprenderán que esto resulta un poco aburrido. Hace buen tiempo y me gustaría mucho continuar hasta Plymouth.

—Le agradeceríamos mucho, señor, que permaneciera usted aquí hasta mañana, por si el juez de instrucción quisiera preguntarle algo.

—Por supuesto. Quiero ayudar en todo lo que pueda. Pero ¿y después?

—Después, señor —dijo el superintendente Baldwin con el rostro impasible—, tendrá usted la libertad, naturalmente, de ir adonde guste.

Lo último que vieron, mientras la lancha se alejaba del yate, fue el rostro sonriente de De Sousa, que los miraba desde arriba.

II

Lo que sucedió al día siguiente careció de interés. Aparte del informe médico y de la identificación del cadáver, poco hubo para satisfacer la curiosidad de los espectadores. Se solicitó un aplazamiento y fue concedido. Todo el procedimiento había sido una pura cuestión formularia.

Lo que ocurrió después, sin embargo, no resultó tan convencional. El inspector Bland dedicó la tarde a dar un paseo en el famoso barco de recreo, el Devon Belle, que salió de Brixwell a eso de las tres, dobló el cabo, continuó bordeando la costa, entró en la desembocadura del Helm y siguió río arriba. Además del inspector Bland, iban a bordo unas doscientas treinta personas. Se sentó a estribor, escudriñando la orilla, cubierta de árboles. Después de un meandro del río, pasaron por delante de la solitaria caseta de tejado gris que pertenecía a Hoodown Park. El inspector Bland miró disimuladamente su reloj de pulsera. Eran las cuatro y cuarto. Navegaban cerca de la caseta de Nasse. Se la veía distante, abrigada entre los árboles, con su balconcito y su pequeño embarcadero. Nada indicaba que hubiera alguien dentro, aunque en realidad el inspector Bland sabía con certeza que había una persona en el interior. Hoskins, cumpliendo órdenes, estaba de servicio en la caseta de los botes.

No lejos de los peldaños había una pequeña lancha. En esta, un hombre y una chica, con ropa de excursionistas. Se entregaban a lo que parecía una payasada bastante tosca. La chica gritaba, el hombre fingía, jugando, que iba a tirarla por la borda. En aquel preciso instante, una voz estentórea habló a través del megáfono.

—¡Señoras y señores! —tronó—. Estamos llegando al famoso pueblo de Gitcham, donde nos detendremos tres cuartos de hora y donde podrán tomar té, cangrejos o langosta y nata de Devonshire. A la derecha, la propiedad de Nasse-House. Pasaremos por delante de la casa dentro de dos o tres minutos. Se divisa apenas a través de los árboles. En un principio, perteneció a sir Gervase Folliat, contemporáneo de sir Francis Drake, que se embarcó con él en su viaje al Nuevo Mundo, y en la actualidad es propiedad de sir George Stubbs. A la izquierda, la famosa Gooseacre Rock. En esta roca, señoras y señores, era costumbre depositar a las mujeres regañonas cuando la marea era baja, y dejarlas allí hasta que el agua les llegara al cuello.

Todos los pasajeros del Devon Belle contemplaron fascinados la Gooseacre Rock. Hubo muchas bromas, risitas agudas y carcajadas.

Mientras esto ocurría, el excursionista de la lancha, tras un último forcejeo, consiguió tirar a su amiga por la borda. Agachándose, la tuvo metida bajo el agua, riéndose y diciendo: «No, no te saco hasta que prometas portarte como es debido».

Nadie, sin embargo, observó tal cosa, salvo el inspector Bland. Todos habían estado escuchando el altavoz, mirando entre los árboles, para captar la vista de Nasse-House cuando apareciese por primera vez o contemplando fascinados la Gooseacre Rock.

El excursionista soltó a la chica, ella se hundió en el agua y segundos más tarde apareció al otro lado del bote. Nadó hasta él y subió por el costado con destreza. Alice Jones, perteneciente al cuerpo femenino de policía, era una nadadora consumada.

El inspector Bland bajó a tierra en Gitcham, con los otros doscientos treinta pasajeros, y tomó té, langosta, nata de Devonshire y *scones*. Mientras comía, se decía: «¡De modo que podría haber ocurrido y nadie se habría dado cuenta!».

III

Mientras el inspector Bland llevaba a cabo su experimento en el río Helm, Hércules Poirot efectuaba otro con una tienda en el césped de Nasse-House. En realidad, era la misma tienda donde madame Zuleika había estado leyendo las líneas de la mano. Los demás puestos y tiendas habían sido desarmados, pero Poirot había solicitado que aquella la dejaran tal cual.

Entró en la tienda, cerró las solapas y se dirigió al fondo. Una vez allí, desató con habilidad las solapas posteriores, salió sigilosamente y, tras volver a atarlas, se adentró en el seto de rododendros situado justo detrás. Deslizándose por entre dos arbustos, no tardó en llegar a un pequeño cenador rústico. Era una especie de quiosco, con una puerta cerrada; Poirot la abrió y entró.

En el interior estaba completamente oscuro, pues entraba muy poca luz a través de los rododendros que habían crecido a su alrededor desde que habían sido plantados allí, hacía ya muchos años. Había una caja con bolas de críquet y algunos aros oxidados, uno o dos palos rotos de hockey, gran cantidad de arañas y de ciempiés, y una marca más o menos redonda en el polvo del suelo. Poirot la contempló un momento. Se arrodilló y, sacando de su bolsillo una cinta métrica, tomó las medidas con sumo cuidado. Luego movió la cabeza satisfecho.

Salió sin hacer ruido y cerró la puerta tras de sí. Después avanzó en diagonal a través de los rododendros. Se abrió camino cuesta arriba, y poco después salió al sendero que conducía al templete, y desde allí a la caseta de los botes.

No entró en el templete, sino que continuó por el zigzagueante camino hasta la caseta. Llevaba la llave consigo, abrió la puerta y entró.

Salvo por el hecho de que habían retirado el cadáver y la bandeja con el vaso y el plato, estaba exactamente tal como lo recordaba. La policía había anotado y fotografiado todo lo que había allí. Se acercó a la mesa, donde seguían los tebeos. Les dio la vuelta. Al ver las palabras que Marlene había escrito antes de morir, la expresión de Poirot fue bastante parecida a la del inspector Bland. «Jackie Blackie anda con Susan Brown.» «Georgie Porgie besa a las exploradoras en el bosque.» «Peter pellizca a las chicas en el cine.» «A Biddi Fox le gustan los chicos.» «Albert sale con Doreen.»

Las anotaciones le parecieron infantiles y le provocaron cierta lástima. Recordó el rostro vulgar y plagado de granos de Marlene. Pensó que probablemente los chicos no habrían pellizcado a Marlene en el cine. Defraudada, la chica había encontrado una emocionante alternativa en fisgar y acechar a los jóvenes de su edad. Había espiado, había husmeado y había visto cosas. Cosas que no tendría por qué haber visto, cosas, en general, de poca importancia, pero puede que, en cierta ocasión, hubiera dado con algo más importante. Algo cuya importancia no podía ni imaginar.

Pero todo eran simples conjeturas. Poirot sacudió la cabeza con expresión incierta. Su pasión por el orden era cada vez mayor, de modo que colocó con esmero el montón de tebeos sobre la mesa. Mientras lo hacía, de pronto le asaltó la sensación de que algo faltaba. Algo... ¿Qué sería? Algo que debería haber estado allí... Algo... Negó con la cabeza cuando aquella impresión pasajera desapareció.

Salió despacio de la caseta de los botes, disgustado consigo mismo. A él, Hércules Poirot, lo habían llamado para evitar un asesinato... y no lo había conseguido. Eso era algo ignominioso. Y al día siguiente debía regresar a Londres, derrotado. Se sentía ridículamente humillado... Los bigotes le colgaban tristes del rostro.

Capítulo 15

Quince días más tarde, el inspector Bland mantuvo una larga y desagradable entrevista con el jefe de policía de la provincia.

El comandante Merrall tenía unas cejas enmarañadas; parecía un fox terrier de mal humor. Pero todos sus hombres lo querían y lo respetaban.

—Bien, bien, bien —dijo el comandante Merrall—. ¿Qué tenemos en este momento? Nada con una mínima base. A ese De Sousa no podemos relacionarlo de ningún modo con la exploradora. Si el cadáver de lady Stubbs hubiera aparecido, sería otra cosa. —Bajó las cejas hasta juntarlas con la nariz y miró a Bland—. Usted cree que hay un cadáver, ¿no?

—¿Qué piensa usted, señor?

—Ah, estoy de acuerdo con usted. De lo contrario, ya hubiéramos dado con ella. A no ser, claro está, que lo hubiera planeado todo con sumo cuidado. Y no veo nada que indique tal cosa. No tenía dinero. Hemos investigado el aspecto económico del asunto. El del dinero era sir George. Le asignó a su mujer una cantidad muy generosa, pero ella por sí misma no tiene ni un penique.

Y no hay el menor indicio de que exista un amante. No circulan rumores ni chismes..., y en un lugar como este los hubiera habido. —Se paseó por la habitación arriba y abajo—. Lo cierto es que no sabemos nada. Creemos que De Sousa, por algún motivo en particular, se deshizo de su prima. Lo más probable es que se hubiera citado con ella en la caseta de los botes, que la llevara a la lancha y la tirara por la borda. ¿Pudo ocurrir tal como le cuento?

—¡Claro! En esta época del año, uno podría ahogar a todos los pasajeros de un bote en la orilla del río. Nadie hubiera sospechado nada. Todo el mundo se pasa el tiempo chillando y empujándose. Pero lo que De Sousa no sabía era que la chica estaba en la caseta, aburriéndose como una ostra, sin nada que hacer. Y hay muchas posibilidades de que estuviera mirando por la ventana.

—¿Hoskins miró por la ventana y le vio, pero usted no lo vio a él?

—No, señor —respondió Bland—. A no ser que la persona que estuviera dentro de la caseta se asomara al balcón y se dejara ver, uno no tendría ni idea de que allí hubiera alguien.

—O puede ser que, en efecto, la chica saliera al balcón. De Sousa se da cuenta de que ha visto lo que está haciendo, baja a tierra y entabla conversación con ella. Consigue que lo deje entrar en la caseta, después de preguntarle qué es lo que está haciendo allí. Ella se lo dice jactándose de su papel en el «atrapa al asesino», él le pone la cuerda alrededor del cuello, como una broma, y ¡paf! —El comandante Merrall hizo con las manos un gesto expresivo—. ¡Y eso fue todo! Muy bien, Bland, muy bien. Digamos que ocurrió así. Es una mera conjetura. No tenemos prueba alguna. No tenemos cadáver, y si intentáramos detener a De Sousa, buena la armaríamos. Tendremos que dejar que se vaya.

—¿Se marcha, señor?

—Levará anclas dentro de una semana. Vuelve a su isla.

—De modo que no disponemos de mucho tiempo —apuntó el inspector Bland con expresión sombría.

—Supongo que habrá otras posibilidades, ¿no?

—Ah, sí, señor, hay varias posibilidades. Yo sigo aferrado a la idea de que la asesinó alguien que conocía todos los detalles del «atrapa al asesino». Podemos descartar a dos personas: a sir George Stubbs y al capitán Warburton. Estuvieron encargándose de los juegos y ocupándose de cosas toda la tarde. Decenas de personas responden por ellos. También hay muchos testigos que vieron a la señora Masterton, en caso de que se la incluyese entre los sospechosos.

—Hay que incluir a todo el mundo —dijo el comandante Merrall—. Me está telefoneando continuamente para hablarme de sabuesos. En una novela policiaca —añadió con melancolía— ella hubiera sido la asesina. Pero, ¡maldita sea!, conozco a Connie Masterton muy bien, de toda la vida. Dejando de lado el hecho de que parece que tiene una coartada, no puedo imaginármela estrangulando a exploradoras o desembarazándose de misteriosas bellezas exóticas. Bueno, ¿quién más hay?

—La señora Oliver —indicó Bland—. Ella se inventó lo del «atrapa al asesino». Es bastante excéntrica y estuvo sola la mayor parte de la tarde. Luego está el señor Alec Legge.

—El de la casa de color de rosa, ¿eh?

—Sí. Se marchó de la fiesta bastante temprano, o al menos no lo vieron más por allí. Dice que se cansó de todo aquello y volvió andando a su casa. Pero el viejo Merdell, ese hombre que está en el embarcadero, que cuida de los botes y ayuda a la gente a aparcar los coches, dice que Alec Legge pasó por delante de él, camino de su casa, a eso de las cinco. No antes. Lo que implica que hay una hora en la que no se sabe qué hizo. Él dice, como es natural, que Merdell no sabe lo que dice y que se equivoca en la hora. Después de todo, ese viejo tiene noventa y dos años.

—Muy poco satisfactorio —opinó el comandante Merrall—. ¿No hay un móvil ni nada por el estilo que lo relacione con el asunto?

—Puede que tuviera un lío con lady Stubbs —respondió Bland no muy convencido—, y puede que él la hubiera matado y que la chica lo hubiera visto...

—¿Y que escondiera en algún sitio el cadáver de lady Stubbs?

—Sí. Pero que me aspen si sé cómo o dónde. Mis hombres han registrado las veintiséis hectáreas y no hay rastro de tierra removida, y puedo decir que, a estas horas, hemos escudriñado debajo de todos los arbustos y matorrales. Sin embargo, supongamos que se las arregló para ocultar el cadáver; puede haber tirado el sombrero al río para despistarnos. ¿Y Marlene Tucker lo vio y entonces él se deshizo de ella? Esa parte de la historia siempre es la misma. —Hizo una pausa, y a continuación añadió—: Y, por supuesto, tenemos a la señora Legge...

—¿Qué sabemos de ella?

—Dice que estuvo en la tienda del té desde las cuatro hasta las cuatro y media, pero no es así —dijo el inspector Bland con lentitud—. Lo supe en cuanto hablé con ella y con la señora Folliat. Y esa media hora es, precisamente, la esencial. —De nuevo se detuvo—. Y luego está el arquitecto, el joven Michael Weyman. Es difícil relacionarlo con el asunto, pero es lo que llamaría un asesino probable, uno de esos tipos descarados y fuertes. Mataría a cualquiera con toda tranquilidad. No me extrañaría nada que anduviera con gente poco aconsejable.

—¡Es usted tan terriblemente educado, Bland! —exclamó el comandante Merrall—. ¿Qué me cuenta de sus movimientos?

—Muy poco concretos, señor. Muy pero que muy poco concretos.

—Eso prueba que es un arquitecto de los buenos —dijo el comandante Merrall, algo molesto. Acababa de construirse una casa cerca de la costa—. Son incapaces de concretar nada... Algunas veces me extraña que estén vivos...

—No sabe dónde estuvo ni a qué hora, y parece que nadie lo vio. Hay pruebas de que a lady Stubbs le gustaba.

—¿Está usted insinuando que se trata de uno de esos asesinatos con una motivación sexual?

—Solo miro a mi alrededor a ver lo que puedo encontrar, señor —respondió Bland—. Y luego está la señorita Brewis... —Hizo una pausa. Una pausa bastante larga.

—La secretaria, ¿no?

—Sí, señor. Una mujer muy eficiente.

Otro silencio. El comandante Merrall clavó una mirada penetrante en su subordinado.

—Tiene alguna idea respecto a ella, ¿verdad? —dijo.

—Sí, señor, la tengo. Verá, admite abiertamente que estuvo en la caseta de los botes alrededor de la hora a la que se cometió el asesinato.

—¿Lo hubiera admitido en caso de ser culpable?

—Puede ser —opinó el inspector Bland lentamente—. En realidad, es lo mejor que podría hacer. Si coge una bandeja con pasteles y un zumo de frutas y le dice a todo el mundo que va a llevársela a la chica..., bien, entonces su presencia allí queda justificada. Va allí, vuelve y dice que la chica estaba viva en ese momento. Hemos creído en su palabra. Pero si piensa usted en el informe forense, señor, recordará que el doctor Cook dijo que la muerte se había producido entre las cuatro y las cinco menos cuarto. La única prueba que tenemos de que Marlene estaba viva a las cuatro y cuarto es la palabra de la señorita Brewis. Y hay un punto curioso en su declaración. Me dijo que había sido lady Stubbs la que había dicho que le llevara a Marlene los pasteles y el zumo de frutas. Pero otro testigo afirmó categóricamente que lady Stubbs nunca hubiera pensado en semejante cosa. Y creo que tiene razón. No es propio de ella: era una mujer muy guapa y muy tonta que solo se preocupaba de sí misma y de su aspecto físico. Al parecer, nunca escogió un menú ni mostró el menor interés por el orden de la casa ni pensó en nadie en absoluto, aparte de en su bella persona. Cuantas más vueltas le doy, más improbable me parece que le hubiera dicho a la señorita Brewis que le llevara nada a la chica.

—Sí, Bland, hay algo de cierto en lo que usted indica —convino Merrall—. Pero, de ser así, ¿qué móvil podía tener?

—Ninguno para matar a la chica —respondió el inspector—. Sin embargo, sí creo que podía tener un motivo para matar a lady Stubbs. Según monsieur Poirot, de quien ya le he hablado, está completamente loca por su jefe. Supongamos que siguiera a lady Stubbs al bosque y la matara, y que Marlene Tucker, aburrida de estar en la caseta, hubiera salido y lo hubiera visto todo. Entonces, naturalmente, tendría que matar a Marlene también. ¿Y qué es lo que haría a continuación? Poner el cadáver de la chica en la caseta, regresar a la casa, coger la bandeja y bajar a la caseta de nuevo. Así justifica su ausencia de la fiesta y tenemos su declaración, al parecer la única de la que podemos fiarnos, de que Marlene Tucker estaba viva a las cuatro y cuarto.

—Bueno —suspiró el comandante Merrall—. Siga con eso, Bland. Siga con eso. Si es la culpable, ¿qué cree usted que hizo con el cadáver?

—Esconderlo en el bosque, enterrarlo o tirarlo al río.

—Lo de tirarlo al río sería un poco difícil, ¿no?

—Depende del lugar donde se cometiera el asesinato —contestó el inspector—. Es una mujer muy fuerte. Si no la mató demasiado lejos de la caseta, pudo haberla arrastrado hasta allí y tirarla por el borde del embarcadero.

—¿En presencia de los barcos que pasan por el río?

—Hubiera parecido que se trataba de uno de esos juguecitos, otra payasada. Era arriesgado, pero posible. Sin embargo, en mi opinión es mucho más probable que ocultara el cadáver en alguna parte y tirara al río solamente el sombrero. Es posible que ella, conociendo como conoce la casa y toda la finca, supiera de un lugar donde esconder el cuerpo. Más tarde, pudo habérselas arreglado para deshacerse de él, tirándolo al río. ¿Quién sabe? Eso suponiendo, naturalmente, que fuera ella —añadió el inspector Bland—. Pero yo, señor, sigo con la idea de que fue De Sousa...

El comandante Merrall había estado haciendo anotaciones en un cuaderno. En aquel momento, levantó la mirada y se aclaró la garganta.

—Entonces, tenemos lo siguiente. Podemos resumirlo así: hay cinco o seis personas que pueden haber matado a Marlene Tucker. Algunas de ellas son más sospechosas que las otras, pero no podemos pasar de ahí. Solo sabemos que la asesinaron porque vio algo. Sin embargo, hasta que sepamos qué es con exactitud lo que vio, no sabremos quién la ha matado.

—Dicho así, hace usted que parezca bastante difícil.

—Es que es difícil. Pero lo solucionaremos... al final.

—Y, entretanto, ese tipo habrá salido del país, riéndose para sus adentros, y habiendo cometido dos asesinatos —se lamentó Bland.

—Está usted muy seguro de que ha sido él, ¿verdad? No digo que se equivoque. Sin embargo... —El jefe de policía permaneció en silencio durante unos segundos. Luego añadió, encogiéndose de hombros—: En cualquier caso, es preferible a habérselas con uno de esos asesinos psicópatas. Probablemente, a estas horas tendríamos ya un tercer asesinato.

—Dicen que a la tercera va la vencida —dijo el inspector, sombrío.

Repitió esta observación a la mañana siguiente, cuando se enteró de que el viejo Merdell, volviendo a su casa de una visita a su taberna favorita al otro lado del río, en Gitcham, al parecer se había pasado con la bebida y se había caído al río al acercarse al embarcadero. Habían encontrado su bote navegando a la deriva y unas horas después habían recuperado el cadáver.

La conclusión fue breve y sencilla: la noche había sido oscura, nublada; el viejo Merdell había bebido tres pintas de cerveza y... tenía noventa y dos años.

Estaba claro: una muerte accidental.

Capítulo 16

I

Hércules Poirot estaba sentado en una butaca cuadrada frente a la chimenea cuadrada de la habitación cuadrada de su piso de Londres. Delante de él había varios objetos que no eran cuadrados, sino violenta e increíblemente curvos. Examinando por separado cada uno de ellos, parecía imposible que pudieran tener ninguna utilidad práctica. Su forma era improbable, irresponsable y como surgida por casualidad. Naturalmente, en realidad no eran nada de eso.

Valorándolos con justicia, cada uno tenía un lugar determinado en un universo determinado. Colocados en el lugar apropiado de su particular universo, no solo adquirían sentido, sino que además componían un cuadro. En otras palabras: Hércules Poirot estaba armando un rompecabezas.

Miró un rectángulo que todavía presentaba huecos de formas improbables. Aquello le relajaba. Del desorden surgía el orden. Tenía, pensó, cierto parecido con su profesión. También en ella se enfrentaba uno con hechos imposibles o improbables, hechos que no parecían guardar la menor relación unos con otros y, sin embargo, formaban una parte equilibrada del todo. Con habilidad, cogió una pieza improbable, color gris oscuro, y la acopló en un cielo azul. Entonces vio que se trataba de parte de un aeroplano.

—Sí —se dijo Poirot—, eso es. La pieza imposible, la pieza improbable, la pieza lógica que no es lo que parece. Cada una de ellas tiene su lugar y, una vez colocada en él, *eh bien*, se acabó. Todo está claro.

Fue colocando un pequeño fragmento de un minarete, otra pieza que parecía parte de un toldo de rayas y que era en realidad el lomo de un gato, así como un trozo de puesta de sol, que había cambiado con rapidez asombrosa del anaranjado al rosa.

Si uno supiera lo que tiene que buscar, sería muy fácil, se dijo Poirot. Pero uno no lo sabe. Suspiró irritado. Sus ojos pasaron del puzle que tenía frente a sí a la butaca situada al otro lado de la chimenea. Menos de media hora antes, había estado sentado allí el inspector Bland tomando té y unos bollos (bollos cuadrados) y charlando con él con expresión apenada. Había tenido que ir a Londres para un servicio; después, se había acercado a ver a monsieur Poirot. Quería saber, le había dicho, si se le había ocurrido alguna hipótesis. Luego le había hablado de sus propias conjeturas. Poirot había coincidido con él en todos los puntos. El inspector Bland, pensó el detective, había hecho un resumen del caso muy justo e imparcial.

Había pasado un mes, casi cinco semanas, desde los acontecimientos de Nasse-House. Cinco semanas de estancamiento, de completa inactividad. No habían encontrado el cadáver de lady Stubbs. Si estaba viva, no habían dado con ella. Lo más probable, había observado el inspector, es que estuviera muerta. Poirot convino en ello.

—Aunque tal vez el cuerpo todavía no haya sido arrastrado a la orilla —dijo Bland—. Una vez que un cadáver está en el agua, nunca se sabe. Puede que aparezca, aunque para entonces no habrá quien lo reconozca.

—Hay una tercera posibilidad —señaló Poirot.

—Sí —convino Bland, asintiendo con la cabeza—. Ya he pensado en ella. No dejo de pensar en ella, en realidad. Se refiere usted a que el cuerpo esté allí, en Nasse, escondido en algún lugar donde no se nos ocurrió buscar. Puede ser, desde luego. Es una posibilidad. En una casa antigua, rodeada de todo ese terreno, habrá lugares en los que nadie pensaría, que nunca llegaría uno a suponer que existieran. —Hizo una pausa, caviló unos instantes y luego añadió—: El otro día estuve en una casa. Durante la guerra habían construido un refugio contra los bombardeos. Era una gruta endeble, de confección poco menos que casera, en el jardín, junto al muro, y excavaron un pasadizo desde el refugio hasta la casa, concretamente hasta la bodega. El caso es que la guerra terminó, el refugio se derrumbó, formaron con los restos unos montículos irregulares y construyeron una especie de jardín de rocalla. Pasando ahora por el jardín, nadie diría que aquello había sido un refugio antiaéreo y que hay una cámara debajo. Parece como si siempre hubiera sido un jardín de rocalla. Y allí, detrás de una gran tinaja de vino, en la bodega, sigue estando el pasadizo que lleva al refugio. Eso es a lo que me refiero: quizá haya una cosa así. Un camino o algo que conduzca a un sitio que ningún extraño conozca. ¿Supongo que no habrá ningún escondite de los que utilizaban los sacerdotes cuando las persecuciones religiosas?

—No creo..., en aquella época no.

—Eso es lo que cuenta el señor Weyman. Dice que la casa fue construida alrededor de 1790. En aquella época no había razón para que los sacerdotes se ocultaran. De todos modos, podría haber en alguna parte algún cambio en la estructura de la casa del que alguien de la familia podría tener noticia. ¿Qué cree usted, monsieur Poirot?

—Es posible, sí. *Mais oui*, decididamente, es una idea. Si acepta uno tal posibilidad, lo siguiente es pensar: ¿quién conocería la existencia de algo así? Supongo que cualquiera de los que se alojan en la casa podría saberlo, ¿no le parece?

—Sí. Claro que eso dejaría fuera a De Sousa. —El inspector no parecía satisfecho. De Sousa seguía siendo su sospechoso favorito—. Como usted dice, cualquiera que viviera en la casa, un criado o alguien de la familia, podría saberlo. Sería menos probable que lo supiera alguien que se encuentra en la casa solo de paso. Y gente como los Legge, que viven fuera y solo van de visita, todavía menos.

—La persona que con toda seguridad conocería la existencia de una cosa así y que podía decírselo, si se lo pregunta, es madame Folliat —apuntó Poirot, plenamente convencido.

La señora Folliat, pensó, sabía todo lo que había que saber sobre Nasse-House. La señora Folliat, en realidad, sabía muchas cosas... Había sabido desde el primer momento que Hattie Stubbs estaba muerta. La señora Folliat sabía, antes de que Marlene y Hattie Stubbs murieran, que el mundo era muy malo y que había gente muy mala en él. La señora Folliat, reflexionó Poirot, irritado, era la clave de todo el asunto. Pero aquella mujer no iba a revelar su secreto con facilidad.

—Me he entrevistado con ella varias veces —comentó el inspector—. Muy amable, muy agradable, y parece disgustarle mucho no poder aportar ninguna idea que nos ayude.

«¿No puede o no quiere?», pensó Poirot; Bland, posiblemente, pensaba lo mismo.

—Hay cierta clase de señoras a las que uno no puede obligar a hablar. No puede uno asustarlas, ni convencerlas, ni engañarlas.

No, convino Poirot, y no se podía obligar, ni convencer, ni engañar a madame Folliat.

El inspector había terminado de tomar su té, había suspirado y se había marchado, y Poirot había sacado su rompecabezas para aliviar su creciente exasperación. Porque estaba exasperado. Exasperado y avergonzado al mismo tiempo. La señora Oliver le había llamado a él, Hércules Poirot, para aclarar un misterio. Tenía la impresión de que algo andaba mal, y era cierto: algo andaba mal. Había acudido esperanzada a Poirot, primero para evitar el mal, y no lo había evitado, y segundo para descubrir al asesino, y no lo había descubierto. Estaba sumido en la niebla, en ese tipo de niebla en la que, de vez en cuando, surgen resplandores que te aturden. De vez en cuando, o eso le parecía, había visto uno de esos fugaces resplandores. Y ninguna de esas veces había logrado penetrar más allá. No había sido capaz de determinar el valor de lo que, durante un breve instante, le parecía haber visto.

Poirot se levantó, cruzó al otro lado de la chimenea, recolocó la otra butaca de modo que formara un ángulo perfecto con el hogar y se sentó en ella. Había pasado del puzle de cartón y madera pintada al rompecabezas de un asesino. Sacó de su bolsillo un cuadernito y escribió con su letra pequeña y clara:

Étienne de Sousa, Amanda Brewis, Alec Legge, Sally Legge, Michael Weyman.

Era materialmente imposible que sir George o Jim Warburton hubieran matado a Marlene Tucker. Sin embargo, como no era materialmente imposible que la señora Oliver lo hubiera hecho, añadió su nombre después de una breve pausa. También añadió el de la señora Masterton, pues no recordaba haberla visto de manera ininterrumpida en el césped entre las cuatro y las cinco menos cuarto. Añadió el nombre de Hender, el mayordomo; más bien porque en el «atrapa al asesino» figuraba un mayordomo siniestro, no porque sospechara de verdad del moreno artista del gong. También escribió «chico de la camisa de tortugas», seguido de un signo de interrogación. Luego sonrió, negó con la cabeza, cogió un alfiler de la solapa de la chaqueta, cerró los ojos y pinchó con él. Era un sistema tan bueno como cualquier otro, pensó.

Se irritó con toda la razón cuando comprobó que el alfiler había traspasado el último nombre.

—Soy un imbécil —dijo Hércules Poirot—. ¿Qué tiene que ver con esto el chico de la camisa de las tortugas?

Pero también se dio cuenta de que debía de haber tenido alguna razón para incluir a aquel enigmático personaje en la lista. Volvió a recordar el día en que estaba sentado en el templete y la cara de sorpresa del chico al verlo allí. No era un rostro muy agradable, a pesar de su belleza juvenil. Una cara arrogante y cruel. El joven había ido allí con algún fin. A encontrarse con alguien, y ese alguien era una persona con quien no podía o no quería encontrarse abiertamente. Era un encuentro que debía permanecer en secreto. Un encuentro culpable. ¿Tendría algo que ver con el asesinato?

Poirot continuó con sus reflexiones. Era un chico que estaba en el albergue juvenil; un chico, por lo tanto, que solo podía pasar allí un par de noches, como máximo. ¿Habría ido a parar allí por casualidad? ¿Sería uno de los muchos estudiantes jóvenes que visitan Gran Bretaña? ¿O habría acudido por algún motivo determinado, para encontrarse con una persona en concreto? Podrían haberse encontrado en la fiesta de un modo tal vez casual... ¿Cómo saberlo?

«Sé muchas cosas —se dijo Poirot—. Tengo en mis manos muchas muchas piezas de este rompecabezas. Tengo una idea acerca de qué clase de crimen se trata..., pero seguro que no estoy mirando todo esto del modo adecuado.»

Volvió una página de su cuaderno y escribió:

¿Le pidió lady Stubbs a la señorita Brewis que llevara el té a Marlene? Si no se lo pidió, ¿por qué la señorita Brewis dice que sí lo hizo?

Le dio varias vueltas a aquella cuestión. Hubiera sido muy normal que a la señorita Brewis se le hubiera ocurrido llevarle a la chica unos pasteles y una bebida. Pero, de ser así, ¿por qué no decirlo sencillamente? ¿Por qué iba a mentir y decir que lady Stubbs le había pedido que lo hiciera? ¿Habría ido la señorita Brewis a la caseta de los botes y habría encontrado a Marlene muerta y de ahí la mentira? A no ser que la señorita Brewis fuera la asesina, parecía muy poco probable. No era una mujer nerviosa ni imaginativa. Si hubiera encontrado a la chica muerta, ¿no sería lo más probable que hubiera dado la voz de alarma de inmediato?

Se quedó contemplando durante un rato las dos preguntas que acababa de escribir. No pudo evitar pensar que aquellas palabras ocultaban algo que podrían indicarle qué había pasado, pero no era capaz de verlo. Después de reflexionar durante cuatro o cinco minutos, escribió algo más.

Étienne de Sousa declara que escribió a su prima tres semanas antes de su llegada a Nasse-House. ¿Es cierta o falsa tal declaración?

Poirot estaba casi seguro de que era falsa. Recordó la escena durante el desayuno. No parecía haber la menor razón para que sir George y lady Stubbs fingieran una sorpresa (lady Stubbs incluso una consternación) que no sentían. No podía imaginar qué perseguían con ello. Sin embargo, concediendo que Étienne de Sousa hubiera mentido, ¿por qué lo había hecho? ¿Para dar la impresión de que su visita había sido anunciada y aceptada? Podía ser, pero era un motivo muy poco convincente.

Desde luego, no había prueba alguna de que semejante carta hubiera sido escrita o recibida. ¿Sería un intento por parte de Étienne de Sousa de demostrar su buena fe, de hacer que su visita pareciera natural e incluso esperada? En realidad, sir George lo había recibido muy amistosamente, aunque no lo conocía.

Poirot hizo una pausa, deteniéndose en aquel pensamiento. Sir George no conocía a De Sousa. Su esposa, que sí lo conocía, no lo había visto. ¿Qué podía significar aquello? ¿Cabía la posibilidad de que el Étienne de Sousa que había llegado aquel día a la fiesta no fuera el verdadero Étienne de Sousa? Consideró la cuestión, pero tampoco encontró un motivo que la justificara. ¿Qué ganaba De Sousa apareciendo y haciéndose pasar por De Sousa cuando en realidad no era De Sousa? En cualquier caso, no obtenía ningún beneficio de la muerte de Hattie. La chica, según había averiguado la policía, no tenía dinero propio, excepto el de su esposo.

Poirot trató de recordar lo que le había dicho exactamente lady Stubbs aquella mañana. «Es un hombre malo. Hace cosas malas.» Y, según Bland, le había dicho a su marido: «Mata a la gente». Allí había algo significativo. «Mata a la gente.»

El día en que Étienne de Sousa había llegado a Nasse-House, una persona había muerto asesinada, posiblemente dos. La señora Folliat había dicho que no había que hacer caso de las frases melodramáticas de Hattie. Lo había dicho con mucha insistencia. La señora Folliat...

Hércules Poirot frunció el ceño; luego dio un golpe con la mano en el brazo del sillón.

—Siempre, siempre vuelvo a madame Folliat. Es la

clave de todo este asunto. Si yo supiera lo que ella sabe... No puedo seguir más tiempo sentado en un sillón, limitándome a pensar. No, tengo que coger un tren y volver a Devon para hacerle una visita.

II

Hércules Poirot se detuvo ante las grandes puertas de hierro forjado de Nasse-House. Miró la calzada en curva que se extendía ante él. El verano había terminado. Las hojas doradas caían de los árboles, revoloteando suavemente. Los pequeños ciclámenes ponían una nota de color en las lomas de hierba situadas en primer término. Lanzó un suspiro. La belleza de aquel lugar le atraía, aun a su pesar. No sentía gran admiración por la naturaleza en estado salvaje, le gustaban las cosas ordenadas. No obstante, no podía dejar de apreciar la belleza, a un tiempo delicada y agreste, de aquel cúmulo de árboles y matojos.

A la izquierda quedaba la casita blanca de la señora Folliat. Hacía buena tarde. Era probable que no estuviera en casa. Andaría por los alrededores, con su cesta de jardinera; y, si no, visitando a algunos vecinos. Tenía numerosos amigos. Aquel era su hogar y lo había sido durante muchos años. ¿Qué era lo que le había dicho el viejo del embarcadero? Que siempre habría algún Folliat en Nasse-House.

Poirot golpeó suavemente con los nudillos la puerta de la casa. Después de unos segundos de espera, oyó pasos en el interior. Le parecieron lentos y algo vacilantes. Luego se abrió la puerta y la señora Folliat apareció en el umbral. El detective se sobresaltó al verla tan vieja y frágil. Ella lo miró durante unos segundos, como si no creyera lo que veía, y luego dijo:

—¡Monsieur Poirot! ¡Usted!

Por un momento, le pareció que había visto el miedo asomar a sus ojos, pero tal vez se lo estaba imaginando.

—¿Puedo pasar, madame? —preguntó cortésmente.

—Claro, por supuesto.

Había recuperado su habitual aplomo. Le hizo una seña para que entrara y lo condujo a su salita. En ella había un par de butacas cubiertas con exquisitos tapices de punto de aguja; sobre una mesita, un servicio de té de Derby; en la repisa de la chimenea, varias figuras de delicada porcelana de Chelsea.

—Iré a buscar otra taza —dijo la señora Folliat.

Poirot alzó la mano en señal de débil protesta, pero ella no admitió ninguna queja.

—Tiene que tomar una tacita.

La señora Folliat salió de la habitación. Poirot echó una nueva ojeada a su alrededor. Una labor de punto con la aguja clavada descansaba sobre la mesa. Una estantería con libros estaba apoyada contra la pared. En esta también había un racimo de miniaturas y una fotografía borrosa, en un marco de plata, de un hombre con uniforme, con bigotes tiesos y barbilla débil.

La señora Folliat volvió a la habitación con una taza y su correspondiente plato.

—¿Es su marido, madame? —preguntó Poirot.

—Sí.

Reparando en que la mirada de Poirot resbalaba por la repisa de la estantería, como si buscara más fotografías, la señora Folliat soltó con brusquedad:

—No soy aficionada a las fotografías. Le hacen a una vivir en el pasado. Hay que aprender a olvidar. Hay que cortar las ramas secas.

Poirot recordó que la primera vez que había visto a la señora Folliat estaba recortando un arbusto con unas tijeras. Se acordaba de que entonces también había dicho algo sobre las ramas secas. La miró pensativo tratando de llegar al fondo de su carácter. Era una mujer enigmática, pensó, y, a pesar de su dulzura y su fragilidad, tenía una faceta que podía ser cruel. Una mujer que podía cortar ramas secas, no solamente de las plantas, sino también de su propia vida...

Se sentó, sirvió una taza de té y le preguntó a Poirot:

—¿Leche? ¿Azúcar?

—Tres terrones de azúcar, si me hace usted el favor, madame.

Ella le tendió su taza y dijo en tono de desconfianza:

—Me ha sorprendido verle. No sé por qué, no creí que volviera usted a pasar por esta parte del mundo.

—No estoy pasando, con exactitud —dijo Poirot.

—¿No? —preguntó levantando ligeramente las cejas.

—He venido hasta aquí con un propósito.

Ella siguió mirándolo con expresión interrogante.

—He venido en parte para verla a usted, madame.

—¿Sí?

—Para empezar... ¿No habrá habido noticias de la joven lady Stubbs?

Ella negó con un suave movimiento de cabeza.

—El otro día, en Cornualles, la marea arrojó un cadáver a la orilla —dijo—. George fue allí para ver si podía identificarlo. Pero no era ella. —Después de una pausa añadió—: Me da mucha pena George. Está sufriendo demasiado.

—¿Sigue creyendo que su mujer puede estar viva?

La señora Folliat negó con un movimiento lento de cabeza.

—Creo que está perdiendo las esperanzas. Después de todo, si Hattie estuviera viva, no le sería posible ocultarse, con toda la prensa y la policía detrás de ella —explicó—. Incluso si le hubiera ocurrido algo como perder la memoria..., bueno, la policía la habría encontrado a estas alturas, ¿no es cierto?

—Sí, es de suponer que sí —convino Poirot—. ¿Sigue buscándola la policía?

—Me imagino que sí. No lo sé, en realidad.

—Pero sir George ha perdido las esperanzas.

—Él no lo dice —explicó la señora Folliat—. Claro que no lo he visto recientemente. Se ha pasado en Londres la mayor parte del tiempo.

—¿Y la chica asesinada? ¿No ha habido ningún progreso en ese asunto?

—Que yo sepa, no. Parece un asesinato sin sentido, sin el menor objeto... Pobre chica.

—Veo, madame, que todavía le disgusta pensar en ella.

La señora Folliat no contestó enseguida. Pasados unos segundos dijo:

—Creo que, cuando se es viejo, la muerte de una persona joven le disgusta a una de un modo exagerado. Nosotros los viejos hemos de morir, pero aquella chica tenía toda la vida por delante.

—Oh, quizá no hubiera sido una vida muy interesante.

—Puede que no, desde nuestro punto de vista, pero quizá a ella le pareciera interesante.

—Y aunque, como usted dice, los viejos tengamos que morir —repuso Poirot—, no lo deseamos. Por lo menos, yo no quiero morir. La vida aún me parece interesante.

—Creo que a mí no —murmuró, más para sí misma que para él, con los hombros aún más hundidos—. Estoy muy cansada, monsieur Poirot. Cuando llegue mi hora, no solo estaré dispuesta, sino que la recibiré con alegría.

El detective le dirigió una mirada fugaz. Como en otra ocasión, se preguntó si estaría hablando con una mujer enferma, alguien que presentía la muerte o que tenía la certeza de su proximidad. De lo contrario, no encontraba justificación a su intenso cansancio y a la languidez de su porte. Le parecía que aquella languidez no era característica de aquella señora. Amy Folliat sin duda siempre había sido una mujer de carácter, enérgica y decidida. Había sobrellevado muchos disgustos, la pérdida de su hogar y de su fortuna, la muerte de sus hijos. Había sobrevivido a todo eso. Había cortado «las ramas secas», según ella misma decía. Pero había en su vida algo que no podía cortar, que nadie podía cortar. Si no se trataba de una enfermedad, no veía qué podía ser. Ella sonrió, como si leyera sus pensamientos.

—En realidad, monsieur Poirot, para mí ya no hay mucho por lo que vivir. Tengo muchos amigos, pero ningún pariente cercano, nada de familia.

—Tiene usted su hogar —dijo Poirot en un arranque.

—¿Quiere usted decir Nasse? Sí...

—Es su hogar, aunque legalmente pertenezca a sir George Stubbs. Ahora que sir George se ha ido a Londres, gobierna usted en su casa.

De nuevo atisbó en sus ojos aquel miedo. Cuando habló, lo hizo con voz fría:

—No comprendo qué es lo que insinúa, monsieur Poirot. Le agradezco a sir George el poder estar en esta casa, pero me la alquila. Pago anualmente por ella, con derecho a pasear por toda la finca.

Poirot extendió las manos.

—Le ruego me disculpe, madame. No pretendía ofenderla.

—Seguro que le he interpretado mal —dijo la señora Folliat, con frialdad.

—Es un lugar muy hermoso. La casa es hermosa y la tierra que la rodea también. Se respira paz y una serenidad muy grande.

—Sí. —El rostro de la mujer se iluminó—. Siempre hemos experimentado esa sensación. Lo sentí la primera vez que vine aquí, cuando era apenas una chiquilla.

—Pero ¿se respira ahora la misma paz, la misma serenidad?

—¿Por qué no?

—Porque un crimen sigue impune —replicó Poirot—; se ha derramado sangre inocente. Hasta que se aclare el misterio, aquí no habrá paz. Y creo, madame, que usted lo sabe tan bien como yo.

La señora Folliat no contestó. Ni se movió ni dijo una palabra. Permaneció inmóvil; Poirot no tenía idea de lo que estaba pensando. Se inclinó un poco y dijo:

—Madame, usted sabe muchas cosas, puede que sepa todo lo que hay que saber sobre ese asesinato. Sabe quién mató a la chica y por qué. Sabe también quién mató a Hattie Stubbs; puede que sepa dónde se encuentra su cadáver en estos momentos.

La señora Folliat habló con voz alta y severa:

—No sé nada. Nada.

—Puede que no me haya expresado bien. No conoce usted la verdad, pero la intuye. Estoy completamente seguro de ello.

—¡Perdone que se lo diga, pero eso es absurdo!

—No es absurdo. Yo diría que es más bien peligroso.

—¿Peligroso? ¿Para quién?

—Para usted, madame. Mientras guarde para sí lo que sabe, correrá peligro. Conozco a los asesinos mejor que usted.

—Ya se lo he dicho, no sé nada.

—Sospecha, entonces...

—No sospecho nada.

—Eso, perdóneme, madame, no es cierto.

—Acusar a alguien por una simple sospecha no estaría bien, sería una mala acción.

Poirot se inclinó hacia ella.

—¿Tan mala como la que se cometió hace un mes?

Ella se encogió en su asiento, como haciéndose un ovillo.

—No me hable de eso —susurró. Y luego, estremeciéndose, añadió—: De todos modos, ya ha pasado. Todo ha terminado.

—¿Cómo lo sabe usted, madame? Se lo digo por experiencia: los asesinos nunca terminan de matar.

Ella negó con la cabeza.

—No. No. Ya se ha acabado. Y además no puedo hacer nada. Nada.

Poirot se puso en pie y se quedó mirándola.

—Si hasta la policía se ha dado por vencida... —dijo la señora Folliat, angustiada.

Poirot negó con la cabeza.

—Ah, no, madame, está usted equivocada. La policía no se ha dado por vencida. Y yo —añadió— tampoco me doy por vencido. Recuerde: yo, Hércules Poirot, no me doy por vencido.

Fue una despedida muy del estilo de Poirot.

Capítulo 17

Después de salir de Nasse, Poirot se fue al pueblo. Tras preguntar, encontró la casa que ocupaban los Tucker. Llamó, pero nadie respondió durante un rato. Oyó la voz aguda de la señora Tucker.

—¿... en qué estarás pensando, Jim Tucker, para pisar con tus botas mi linóleo? No te lo he dicho una vez, te lo he dicho mil veces. Me he pasado la mañana limpiándolo, y míralo ahora.

La reacción del señor Tucker se limitó a un rumor sordo y conciliador.

—No tienes excusa alguna. Todo por tu manía de poner los deportes en la radio. No hubieras tardado ni dos minutos en quitarte las botas. Y tú, Gary, a ver lo que haces con ese caramelo. No pongas tus pringosos dedos en mi mejor tetera de plata. Marilyn, alguien llama a la puerta. Ve a ver quién es.

La puerta se abrió con cuidado y una niña de unos once años se quedó mirando a Poirot con desconfianza. Tenía un caramelo en la boca, que le hinchaba una de las mejillas. Era una niña gorda, con pequeños ojos azules y belleza de cerdito.

—¡Es un señor, mami! —gritó.

La señora Tucker, con mechones de pelo colgándole sobre el acalorado rostro, se acercó a la puerta.

—¿Qué hay? —preguntó con determinación—. No necesitamos... —Hizo una pausa y en su rostro apareció una vaga expresión de reconocimiento—. Espere un momento: ¿no estaba usted aquel día con la policía?

—Siento haberle traído recuerdos tan tristes, madame —respondió Poirot, pisando con firmeza en el interior de la casa.

La señora Tucker dirigió a sus pies una mirada agónica, pero los puntiagudos zapatos de charol de Poirot solo habían pisado la carretera principal y no dejaron rastro de fango en el reluciente linóleo de la señora Tucker.

—Pase, por favor —dijo ella, retrocediendo ante el detective y abriendo una puerta situada a la derecha.

Poirot entró en un saloncito desoladamente ordenado, que olía a cera de pulir muebles y en el que reinaba un estilo jacobino, una mesa redonda, dos geranios en sus correspondientes macetas, un guardafuegos de bronce, muy elaborado, y una gran variedad de delicadas figuritas de porcelana.

—Siéntese, por favor. No recuerdo su nombre. En realidad, no creo que lo haya oído nunca.

—Mi nombre es Hércules Poirot —dijo él rápidamente—. Me encuentro de nuevo por estas tierras y he venido a ofrecerles mi sentido pésame y a preguntarles si ha habido algún progreso. Supongo que habrán encontrado al asesino de su hija...

—No se sabe nada de él —replicó la señora Tucker con cierta amargura—. Y es una verdadera vergüenza, si quiere que le diga la verdad. A mí me parece que la policía no se molesta por gente como nosotros. Y, además, ¿para qué sirve la policía? Si todos son como Bob Hoskins, me sorprende que el país no sea poco más que un grupo de criminales. Lo único que hace ese hombre es pasar el tiempo mirando dentro de los coches que se paran en el parque.

En ese momento, apareció en la puerta el señor Tucker, sin botas, con los pies enfundados en unos calcetines. Era un hombre alto, de cara colorada y expresión pacífica.

—Los policías tienen su mérito —dijo con voz ronca—; tienen sus preocupaciones, como todo el mundo. Esos maniacos no son fáciles de coger. Se parecen a usted, o a mí..., no sé si me entiende —añadió, hablándole a Poirot directamente.

La pequeña que había abierto la puerta apareció detrás de su padre; un niño de unos ocho años asomaba la cabeza por encima del hombro de su hermana. Todos se quedaron mirando al detective con sumo interés.

—Esta es su hija pequeña, ¿eh? —preguntó Poirot.

—Marilyn —dijo la señora Tucker—. Y este es Gary. Ven a saludar a este señor, Gary. A ver esos modales.

Pero el niño corrió a esconderse.

—Es muy vergonzoso —explicó su madre.

—Ha sido usted muy amable —intervino el señor Tucker— al venir a preguntar por lo de Marlene. ¡Un asunto horrible!

—Acabo de visitar a madame Folliat —respondió Poirot—. También ella parece muy afectada por este asunto.

—Desde entonces no anda bien —apuntó la señora Tucker—. Es una señora muy mayor y la impresión fue muy grande para ella, y más todavía habiendo ocurrido en su propia casa.

Poirot observó una vez más cómo todo el mundo, inconscientemente, consideraba a la señora Folliat como la dueña de Nasse-House.

—Eso hace que se sienta un poco responsable —dijo el señor Tucker—, aunque ella no tuviera nada que ver con este asunto.

—¿Quién propuso que Marlene hiciera el papel de víctima? —preguntó Poirot.

—La señora de Londres, la que escribe libros —se apresuró a responder el señor Tucker.

—Pero si no era de aquí... Ni siquiera conocía a Marlene... —replicó Poirot suavemente.

—Fue la señora Masterton quien reunió a todas las chicas —respondió la señora Tucker—, y me imagino que fue ella quien dijo que lo hiciera Marlene. Y a Marlene le encantó la idea.

Otra vez, Poirot sentía que se daba contra un muro. Pero ahora sabía lo que había sentido la señora Oliver cuando le había mandado llamar. Alguien había estado trabajando en la sombra, alguien que había hecho cumplir sus deseos por medio de otras personas. La señora Oliver o la señora Masterton eran solo los figurantes.

—He estado preguntándome, madame Tucker —dijo Poirot—, si Marlene conocería a algún..., ¡hum!, a algún loco homicida.

—¡Cómo iba a conocer a una persona así! —respondió la señora Tucker, escandalizada.

—Como acaba de observar su marido, es muy difícil identificar a esos locos. Tienen el mismo aspecto que podemos tener usted o yo. Puede que a Marlene le hablara alguien en la fiesta... o antes. Pudo haberse hecho amigo de ella de un modo inocente. Pudo haberle hecho regalos, por ejemplo.

—No, no, nada de eso. Marlene no hubiera aceptado regalos de un desconocido. No la eduqué tan mal como para que obrase así.

—Pero quizá no viera nada malo en ello —insistió Poirot—. Supongamos que una mujer muy amable le ofreciera alguna cosa...

—¿Alguien, quiere usted decir, como la señora Legge, la de Mill Cottage?

—Sí —respondió Poirot—, alguien así.

—Una vez le dio una barra de labios, sí, señor —dijo la señora Tucker—. ¡Me enfadé muchísimo! «No consentiré que te pongas esa basura en la cara, Marlene. Piensa en lo que diría tu padre», le dije. Bueno, pues me contestó, descarada: «Me lo ha dado la señora de la casa de Lawder. Me ha dicho que me sentaría muy bien». Le repliqué que no tenía por qué escuchar lo que dijeran las señoras de Londres. Eso está bien para ellas, pintarse la cara, ponerse ese tono negro en los ojos y en las pestañas, todo eso. Pero ella era una chica decente que llevaría la cara lavada con agua y jabón hasta que fuera mucho mayor.

—Pero me imagino que ella no estaría de acuerdo con usted —opinó Poirot sonriendo.

—Cuando yo digo una cosa, se hace —respondió la señora Tucker.

Marilyn soltó una risita divertida. Poirot la observó.

—¿Le dio la señora Legge alguna otra cosa? —preguntó.

—Creo que le dio un pañuelo..., o algo así, uno que ella ya no usaba. Muy llamativo, pero no de buena calidad. Yo sé cuándo una cosa es de calidad —dijo la señora Tucker moviendo la cabeza—. De joven trabajé en Nasse-House. Aquellas eran sedas, las que llevaban las señoras en aquellos tiempos. Nada de colorines, nailon y seda artificial; seda pura. ¡Qué digo, si algunos de aquellos vestidos de tafetán se aguantaban solos!

—A las chicas les gusta arreglarse un poco —comentó el señor Tucker, indulgente—. A mí no me molestan los colores vivos, pero no consiento esa porquería de pintura en la boca.

—Estuve un poco dura con ella —reconoció la señora Tucker, con los ojos húmedos de pronto—, y luego se murió de aquel modo tan horrible. Habría deseado no haberle hablado así. ¡Ay, señor, parece que últimamente solo nos caen desgracias y funerales! Dicen que las desgracias nunca vienen solas, y es bien cierto.

—¿Han perdido ustedes a más personas? —preguntó Poirot cortésmente.

—Al padre de mi mujer —explicó el señor Tucker—. Venía con el bote de la taberna Three Dogs, de noche, muy tarde, y debió de perder el pie al saltar al embarcadero y cayó al río. Tendría que haberse quedado quieto en casa, a su edad. Pero con los viejos nunca se sabe. Siempre andaba por el embarcadero.

—Padre siempre había entendido mucho de botes —dijo la señora Tucker—. En otros tiempos, se ocupaba de los del señor Folliat, hace muchísimos años. No es que lo de mi padre fuera terrible —añadió con viveza—. Había cumplido noventa y dos años y tenía sus problemas ya, siempre andaba farfullando tonterías. Le había llegado su hora. Pero, naturalmente, tuvimos que enterrarlo como es debido... y los funerales cuestan mucho dinero.

Poirot no prestó atención a este último punto... Recordó algo vagamente.

—¿Un hombre viejo... en el embarcadero? Recuerdo haber hablado con él. ¿Se llamaba...?

—Merdell, señor. Ese era mi apellido de soltera.

—¿Su padre, si mal no recuerdo, había sido el jardinero principal en Nasse?

—No, ese fue mi hermano mayor. Yo era la más joven de todos los hermanos..., once en total. —Y añadió con cierto orgullo—: Ha habido varios Merdell en Nasse durante mucho tiempo, pero ahora están todos desperdigados. Padre fue el último de nosotros.

—«Siempre habrá algún Folliat en Nasse-House» —murmuró Poirot.

—¿Cómo dice, señor?

—Es lo que me comentó su padre en cierta ocasión, en el embarcadero.

—Bueno, decía muchas tonterías. La mayoría de las veces no me quedaba otra que hacerle callar.

—De modo que Marlene era nieta de Merdell... —reflexionó Poirot—. Sí, ya empiezo a verlo claro.

Se quedó en silencio un momento, al tiempo que una emoción crecía en su interior.

—¿Dice usted que su padre se ahogó en el río?

—Sí, señor. Había bebido un poco de más. Y no sé de dónde sacaba el dinero. Claro que se ganaba propinas de cuando en cuando en el embarcadero por ayudar a la gente de los botes y aparcar los coches. Era muy astuto para esconderme ese dinero. Sí, creo que había bebido demasiado. Perdió el pie, supongo, al bajar del bote y saltar al embarcadero. Y cayó al agua y se ahogó. El cadáver apareció en Helmmouth al día siguiente. Lo extraño fue que no hubiera ocurrido antes, con noventa y dos años. Además, estaba medio ciego.

—Pero lo cierto es que no ocurrió antes...

—Bueno, los accidentes suceden, tarde o temprano.

—¡Accidente! —murmuró Poirot—. Me pregunto si habrá sido un accidente. —Se levantó—. Debería haberlo adivinado. Debería haberlo adivinado hace mucho tiempo. Si la niña casi me lo dijo...

—¿Cómo dice, señor?

—Nada, nada. Vuelvo a darles mi más sentido pésame por las dos muertes, la de su hija y la de su padre.

Les estrechó las manos a los dos y salió de la casa.

«He sido un estúpido —se dijo—. Un verdadero estúpido. Lo miraba todo desde un ángulo equivocado.»

—¡Eh, señor!

Era un susurro cauteloso. Poirot miró a su alrededor. Marilyn, la hija de los Tucker, estaba de pie en la sombra que hacía la pared de su casa. Le hizo una señal de que se acercara y le habló en un susurro.

—Mami no lo sabe todo —dijo—. A Marlene no le dio el pañuelo la señora de Mill Cottage.

—¿De dónde lo sacó?

—Lo compró en Torquay. También se compró unas barras de labios y un perfume, Nuit en Paris, un nombre muy raro. Y un bote de base de maquillaje que vio en un anuncio. —Marilyn se rio—. Mami no lo sabe. Marlene lo escondió todo en el fondo de su cajón, debajo de las camisetas de invierno. Cuando iba al cine, se pintaba, tras esconderse en la parada del autobús. —Se rio otra vez—. Mami nunca supo nada.

—¿No encontró tu madre esas cosas después de la muerte de tu hermana?

Marilyn sacudió la cabeza, y con ella su rubio y sedoso pelo.

—No —respondió—. Ahora las tengo yo... en mi cajón. Mami no lo sabe.

Poirot la contempló pensativo.

—Pareces una chica muy lista, Marilyn —dijo.

La niña se rio, confusa.

—La señorita Bird dice que no sirvo para la escuela secundaria.

—Bueno, la escuela secundaria no lo es todo. Dime, ¿cómo conseguía Marlene el dinero para comprar esas cosas?

—No sé —murmuró, mirando al suelo.

—Yo creo que sí lo sabes —insistió Poirot. Sin el menor rubor, sacó de su bolsillo media corona y la juntó con otra media—. Creo que hay un nuevo tono de pintura de labios, muy bonito, que se llama Beso de Carmín.

—Debe de ser estupendo —respondió Marilyn, adelantando la mano hacia los cinco chelines. Y empezó a hablar en un rápido susurro—: Marlene espiaba a la gente. Veía cosas..., ya me entiende. Prometía no decirlo y entonces le hacían un regalo, ¿comprende?

Poirot le entregó los cinco chelines.

—Comprendo.

Se despidió de Marilyn con un gesto y se fue.

—Comprendo —volvió a murmurar, pero esta vez más incisivamente.

Muchas cosas estaban adquiriendo sentido. No todas. El asunto todavía no estaba claro, ni mucho menos, pero por fin había comprendido cuál era el camino. Había una pista muy clara, pero no había sido lo bastante inteligente para verla. La primera vez que había hablado con la señora Oliver, unas palabras casuales con Michael Weyman, la conversación con el viejo Merdell en el embarcadero, una frase de la señorita Brewis que aclaraba muchas cosas..., la llegada de Étienne de Sousa.

Junto a la oficina de correos del pueblo había una cabina telefónica.

Entró en ella y marcó un número. Minutos más tarde, estaba hablando con el inspector Bland.

—Bueno, Poirot, ¿dónde está usted?

—Estoy aquí, en Nasse-House.

—Pero ¿no se encontraba en Londres ayer por la tarde?

—Solo se tardan tres horas y media en llegar aquí en un buen tren —respondió el detective—. Tengo que hacerle una pregunta.

—¿Sí?

—¿Qué clase de yate era el de Étienne de Sousa?

—Creo que sé lo que está pensando, monsieur Poirot, pero le aseguro que no había nada de eso. No era un barco preparado para contrabando, si eso es lo que quiere saber. No había tabiques ocultos ni trampas secretas. Los hubiéramos encontrado, de haberlos habido. No había ningún sitio donde pudiera esconderse un cadáver.

—Se equivoca usted, *mon cher*; no es eso lo que quería decir. Solo le preguntaba qué clase de barco era. ¿Grande o pequeño?

—Ah, era un yate estupendo. Debió de costar una fortuna. Todo muy elegante, recién pintado y lujosamente equipado.

—Exacto —dijo Poirot.

Parecía tan complacido que Bland se sorprendió.

—¿Qué anda usted tramando, monsieur Poirot?

—Étienne de Sousa es un hombre rico. Eso, *mon ami*, es un hecho muy significativo.

—¿Por qué? —preguntó el inspector Bland.

—Encaja con mi última teoría.

—¿Tiene usted una teoría, entonces?

—Sí. Por fin tengo una teoría. Hasta ahora he sido un estúpido.

—Querrá usted decir que todos hemos sido unos estúpidos.

—No —dijo Poirot—. Me refiero a mí. Tuve la buena suerte de que me regalaran una pista perfectamente clara y no la vi.

—Pero ¿ahora tiene usted algo entre las manos?

—Sí, eso creo.

—Escuche, Poirot...

Pero Poirot ya había colgado. Después de buscar en sus bolsillos el dinero necesario, puso una conferencia con la señora Oliver en Londres.

—Pero —se apresuró a añadir— no molesten a madame Oliver si se encuentra trabajando.

Recordaba lo amargamente que le había reprochado una vez la señora Oliver el haber interrumpido su inspiración, con lo que había privado al mundo de un misterio centrado en una vieja camiseta de manga larga. La telefonista, sin embargo, no tenía tantos reparos.

—Bueno —preguntó—, ¿quiere usted la conferencia o no?

—Sí —respondió Poirot, sacrificando el genio creador de la señora Oliver en el altar de su impaciencia.

Se tranquilizó cuando la señora Oliver le dijo interrumpiendo sus excusas:

—Es maravilloso que me haya llamado. Ahora mismo iba a salir a dar una charla sobre «cómo escribo mis libros». Le diré a mi secretaria que telefonee y que diga que me han entretenido y no puedo salir.

—Pero, madame, no quiero privarla...

—No me priva usted de nada —replicó la señora Oliver muy alegre—. Hubiera hecho el ridículo más espantoso. Porque ¿qué va una a contar acerca de cómo escribe sus libros? Es decir, primero hay que pensar en algo, y cuando se ha pensado, se sienta uno y lo escribe. Eso es todo. Hubiera tardado exactamente tres minutos en explicarlo, y entonces se terminaría la charla y todo el mundo quedaría decepcionado. No comprendo por qué tanta gente siente tanto interés en que los escritores hablen de su modo de escribir. Yo diría que la profesión de un escritor es escribir, no hablar.

—Y, sin embargo, yo quiero preguntarle a usted algo sobre su modo de escribir.

—Pregunte —lo animó la señora Oliver—, pero con toda probabilidad no sabré contestarle. Quiero decir, todo lo que hace una es sentarse y escribir. Espere un segundo, para la charla me había puesto un sombrero completamente absurdo... y tengo que quitármelo ya. Me pica la frente.

Hubo una pausa, tras la cual la voz de la señora Oliver sonó aliviada:

—En realidad, los sombreros solo son un símbolo en estos tiempos, ¿verdad? Quiero decir que ya no los lleva una por ningún motivo razonable, para abrigarse la cabeza o para protegerla del sol o para ocultar la cara de las personas a quienes no quiere uno saludar. Monsieur Poirot, ¿decía usted algo?

—Ha sido solo una exclamación. Es extraordinario

—comentó Poirot, muy impresionado—. Siempre me da usted ideas. Igual que mi amigo Hastings, a quien no veo desde hace muchísimos años. Acaba de darme usted la clave de otra pieza de este rompecabezas. Pero dejemos eso. Permítame que le haga mi pregunta. ¿Conoce usted a algún investigador de la energía atómica, *ma chère*?

—¿Que si conozco a algún investigador de la energía atómica? —preguntó la señora Oliver con voz sorprendida—. No sé. Me imagino que debo de conocer a alguno. Si le digo la verdad, no sé muy bien qué hacen.

—Sin embargo, en su «atrapa al asesino» figura como sospechoso un investigador de la energía atómica, ¿no?

—¡Ah, bueno! Eso fue para estar en consonancia con los tiempos. Quiero decir, cuando fui a comprar regalos para mis sobrinos las últimas Navidades, todo eran novelas científicas y juguetes supersónicos y estratosféricos; entonces, cuando empecé con eso del «atrapa al asesino», pensé: «Será mejor estar a la moda y que el principal sospechoso sea un investigador de la energía atómica». Después de todo, si me hacía falta algo de jerga técnica, siempre podía preguntar a Alec Legge.

—¿Alec Legge..., el marido de Sally Legge? ¿Es investigador de la energía atómica?

—Sí, lo es. No está en Harwell, sino en algún lugar de Gales. Cardiff. ¿O quizá en Bristol? En una casa de campo que tiene en el río Helm. Bueno, sea como sea, entonces sí que conozco a un investigador de la energía atómica.

—¿Y no sería por encontrarse con él en Nasse-House por lo que se le ocurrió la idea del investigador de la energía atómica? Aunque su esposa no es yugoslava...

—¡Ah, no! —exclamó la señora Oliver—. Sally no puede ser más inglesa. Se daría cuenta, ¿no?

—Entonces, ¿por qué se le ocurrió lo de la esposa yugoslava?

—Pues no lo sé... ¿Sería por los refugiados? ¿Por los estudiantes? Todas esas chicas extranjeras del albergue invadiendo los bosques de Nasse-House y hablando un inglés entrecortado...

—Ya veo... Sí, ahora me doy cuenta de muchas cosas.

—Ya era hora —dijo la señora Oliver.

—*Pardon?*

—Digo que ya era hora —repitió la señora Oliver—. Que ya era hora de que viera usted cosas, quiero decir. Hasta este momento, no parece que haya hecho usted absolutamente nada.

Su voz encerraba cierto reproche.

—No se puede llegar al fondo de las cosas en un momento —se defendió Poirot—. La policía ha estado dando palos de ciego.

—¡Ah, la policía! Qué diferente sería todo si hubiera una mujer al frente de Scotland Yard...

Poirot se apresuró a interrumpir la frase tantas veces repetida.

—El asunto ha sido muy complejo —dijo—. Extraordinariamente complejo. Pero ahora, y se lo digo de un modo confidencial, *ma chère*, ¡ahora estoy llegando al final de la historia!

La señora Oliver no se dejó impresionar.

—Sí, lo creo —dijo—, pero entretanto se han cometido dos asesinatos.

—Tres —la corrigió Poirot.

—¿Tres asesinatos? ¿Quién es la tercera víctima?

—Un anciano llamado Merdell.

—No me había enterado de eso —dijo la señora Oliver—. ¿Saldrá en los periódicos?

—No, hasta ahora todos pensaban que fue un accidente.

—¿Y no lo fue?

—No —negó Poirot—, no fue un accidente.

—Bueno, dígame quién lo hizo..., es decir, quién cometió esos asesinatos... ¿O no puede usted contármelo por teléfono?

—Esas cosas no se hablan por teléfono —dijo Poirot.

—Entonces, cuelgo —respondió la señora Oliver—. No puedo soportarlo.

—Espere un momento. Quería preguntarle otra cosa. ¿Qué era?

—Ah, la edad... A mí me pasa constantemente... Se me olvida todo.

—Era algo, un pequeño detalle... que me preocupaba. En la caseta de los botes...

Volvió atrás en el tiempo. El montón de tebeos. Las frases de Marlene garabateadas en el margen. «Albert sale con Doreen.» Había tenido la impresión de que faltaba algo..., de que tenía que preguntar alguna cosa más a la señora Oliver.

—¿Sigue usted ahí, monsieur Poirot? —preguntó la mujer.

Al mismo tiempo, la telefonista solicitó más dinero para prorrogar la llamada.

Concluidas las formalidades de rigor, Poirot volvió a hablar:

—¿Está usted ahí, madame?

—Estoy aquí —respondió la señora Oliver—. Vamos a

dejarnos de gastar dinero preguntándonos si estamos aquí. ¿De qué se trata?

—Es algo muy importante. ¿Recuerda usted su «atrapa al asesino»?

—Pues claro que lo recuerdo. Me parece que era de eso precisamente de lo que estábamos hablando, ¿no?

—Cometí un error gravísimo —dijo Poirot—. No leí el resumen que hizo usted para los concursantes. Ante la importancia de descubrir al asesino, eso otro parecía no tener valor. Me equivoqué. Lo tenía. Usted es una persona sensible, madame. A usted le afecta la atmósfera, la personalidad de las personas que conoce. Y estas se reflejan en sus obras. No de manera reconocible, pero son la inspiración de donde su fecundo cerebro extrae sus creaciones.

—Me gusta su lenguaje florido —replicó la señora Oliver remarcando las palabras—. Pero ¿qué quiere usted decir exactamente?

—Que, desde el principio, ha sabido más de este crimen de lo que usted misma creía. Vamos ahora con la pregunta que quería plantearle..., dos preguntas, en realidad; pero la primera es muy importante. Cuando empezó a organizar su «atrapa al asesino», ¿pensaba usted ni remotamente en que el cadáver tuviera que ser descubierto en la caseta de los botes?

—No.

—¿Qué lugar tenía pensado, madame Oliver?

—Aquel pequeño cenador tan gracioso, metido entre los rododendros, cerca de la casa. Me parecía el lugar ideal. Pero entonces alguien, no recuerdo quién, empezó a insistir en que era mejor el templete. ¡Eso, claro, resultaba absurdo! Es decir, cualquiera podía llegar allí por casualidad y encontrar el cadáver sin haber seguido ni una sola pista. ¡La gente es tan estúpida...! ¡Como es natural, no pude consentir tal cosa!

—Entonces, a cambio del cenador, aceptó usted la caseta, ¿verdad?

—Sí, así fue. En realidad, lo de la caseta no estaba mal, aunque yo sigo pensando que hubiera sido mejor el cenador.

—Sí, esa es la técnica que me esbozó usted el primer día. Y todavía hay otra cosa: ¿recuerda usted que me dijo que la última pista estaba escrita en uno de los tebeos que le llevaron a Marlene para que se entretuviera?

—Sí, claro.

—Dígame, ¿era algo así como...? —Hizo un esfuerzo para situarse de nuevo en el momento en que había estado leyendo aquellas frases mal escritas—: «Albert sale con Doreen», «Georgie Porgie besa a las exploradoras en el bosque», «Peter pellizca a las chicas en el cine».

—¡Qué barbaridad, nada de eso! —respondió la señora Oliver, ligeramente escandalizada—. No era nada tan tonto como eso. No, mi clave era muy sencilla. —Bajó la voz y habló en tono misterioso—: «Mira en la mochila de la exploradora».

—*Épatant!* —exclamó Poirot—. *Épatant!* Naturalmente, el tebeo donde eso estaba escrito tenía que ser retirado de allí. ¡Podría haber dado alguna idea a alguien!

—La mochila, por supuesto, estaba en el suelo, junto al cadáver, y...

—Pero yo estoy pensando en otra mochila.

—Me está liando con todas esas mochilas —se quejó ella—. En mi historia no había más que una. ¿No quiere usted saber qué había dentro?

—De ningún modo —replicó Poirot—. Es decir —añadió amable y cortésmente—, me encantaría oírlo, por supuesto, pero...

La señora Oliver pasó por encima del «pero».

—A mí me parece muy ingenioso —comentó orgullosa de sí misma—. En la mochila de Marlene, que se suponía que era la mochila de la yugoslava, no sé si me entiende...

—Sí, sí —dijo Poirot, disponiéndose a perderse en la niebla una vez más.

—Bueno, en la mochila estaba la botella de medicina que contenía el veneno con el que el campesino había asesinado a su esposa. ¿Entiende? La chica yugoslava había estado aquí haciendo prácticas de enfermera, y se encontraba en la casa cuando el coronel Blunt había envenenado a su primera esposa por el dinero. Y ella, la enfermera, había cogido la botella y la había escondido, y luego había vuelto para chantajearlo. Y por eso, claro, la mató. ¿Encaja esto, monsieur Poirot?

—¿Que si encaja con qué?

—Con sus conjeturas.

—En absoluto —respondió Poirot, que se apresuró a añadir—: De todos modos, la felicito, madame. Estoy seguro de que su «atrapa al asesino» era tan ingenioso que nadie llegó a descubrir quién era el culpable.

—Sí que lo descubrieron —dijo la señora Oliver—. Ya muy tarde, a eso de las siete. Una vieja muy obstinada y a la que se tiene por medio tonta. Fue pasando de pista en pista y llegó a la caseta con actitud triunfal, pero, claro, la policía estaba allí. Entonces se enteró del asesinato. Imagino que fue la última en hacerlo. De todos modos, le dieron el premio. —Y añadió con satisfacción—: Aquel horrible joven de las pecas, que dijo que bebo tanto como un cosaco, no pasó del jardín de las camelias.

—Algún día, madame, tiene usted que contarme de principio a fin y con todo detalle esa historia.

—En realidad —respondió la señora Oliver—, estoy pensando en convertirla en un libro. Sería una pena no aprovecharla.

Y diremos, de paso, que unos tres años más tarde, Hércules Poirot leyó *La mujer del bosque*, de Ariadne Oliver. Con la novela en sus manos, se preguntó por qué algunos de los personajes y ciertos acontecimientos le eran vagamente familiares.

Capítulo 18

Se ponía el sol cuando Poirot llegó a lo que se llamaba oficialmente Mill Cottage y la gente de la localidad conocía como la «casa rosa», junto a la ensenada de Lawder. Dio unos golpecitos en la puerta, y esta se abrió tan repentinamente que retrocedió asustado. El joven de aspecto airado que apareció se lo quedó mirando un momento sin reconocerlo. Luego se rio.

—Hola —dijo—. Pero si es el sabueso... Entre, monsieur Poirot. Estoy haciendo las maletas.

Poirot aceptó la invitación y entró en la casa. Estaba sencillamente amueblada. Los objetos personales de Alec Legge ocupaban un espacio considerable de la habitación. Había libros, papeles y prendas de vestir tirados por todas partes, y en el suelo, una maleta abierta.

—El trío se ha roto definitivamente —dijo Alec Legge—. Sally se ha marchado. Supongo que lo sabía usted.

—No, no lo sabía.

Alec soltó una risita.

—Me alegro de que haya algo que usted no sepa. Sí, se ha cansado de vivir conmigo. Va a unir su vida a la de ese arquitecto insípido.

—Lo siento —respondió Poirot.

—No sé por qué ha de sentirlo usted.

—Lo siento —repitió Poirot, apartando dos libros y una camisa, y sentándose en una esquina del sofá— porque no creo que vaya a ser tan feliz con él como lo sería con usted.

—No ha sido muy feliz conmigo, que digamos, en estos seis meses.

—Seis meses no son toda la vida; es un espacio de tiempo muy corto, del que puede arrancar una larga vida en común.

—Está usted hablando como un cura.

—Puede que sí. No se ofenda si le digo, señor Legge, que si su esposa no ha sido feliz con usted probablemente ha sido más culpa de usted que de ella.

—Ella, desde luego, lo cree así. Supongo que yo tendré la culpa de todo...

—De todo no, pero sí de algunas cosas.

—Ah, bueno, pues écheme a mí toda la culpa. Lo mejor que podría hacer es tirarme al maldito río y acabar con todo de una vez.

Poirot lo miró pensativo.

—Me alegra ver —observó— que ahora ya está usted más preocupado por sus asuntos personales que por los del mundo.

—Me importa un bledo el mundo —espetó el señor Legge. Y añadió con amargura—: Parece que he hecho el tonto sin ningún género de dudas...

—Sí —convino Poirot—. Yo creo que su conducta ha sido más desafortunada que reprensible.

Alec Legge se lo quedó mirando.

—¿Quién le contrató para que me siguiera la pista? —preguntó—. ¿Fue Sally?

—¿Qué le hace pensar tal cosa?

—Bueno, oficialmente no ha ocurrido nada. Así que he sacado la conclusión de que debe de haberme seguido usted porque alguien le pagó para que lo hiciera.

—Está usted equivocado —contestó Poirot—. Nunca le he seguido la pista. Cuando vine aquí, no sabía de su existencia.

—Entonces, ¿cómo sabe si he tenido poca fortuna, si he hecho el tonto o qué?

—Como resultado de la observación y la reflexión. ¿Quiere que haga una pequeña conjetura y usted me dice si estoy en lo cierto?

—Puede usted hacer todas las conjeturas que guste —dijo Alec Legge—. Pero no espere que juegue con usted.

—Creo —consideró Poirot— que hace algunos años tenía usted interés y simpatía por cierto partido político. Igual que muchos jóvenes dedicados a la ciencia. En su profesión, esas simpatías y esas tendencias se miran con prevención, naturalmente. No creo que usted se comprometiera nunca en serio, pero sí que le presionaron para que consolidara su posición de un modo que no quería. Trató de retirarse y le amenazaron. Le dijeron que se encontrara con determinada persona. No sé si llegaré a saber algún día el nombre de aquel joven. Para mí será siempre «el joven de la camisa de las tortugas».

De pronto, Alec Legge soltó una carcajada.

—Me imagino que aquella camisa debía de ser todo un poema. En aquellos momentos, no pude ver el lado cómico de las cosas.

Hércules Poirot continuó:

—Con su preocupación por el destino del mundo y

por lo complicado de su propia situación, permítame que le diga que se convirtió usted en un hombre con el que era casi imposible que ninguna mujer pudiera ser feliz. No se confió usted a su esposa. Debo decirle que se equivocó, porque ella era una mujer leal. Y si hubiera sabido lo desgraciado que era y lo desesperado que estaba, se hubiera puesto de su lado de todo corazón. Pero, en vez de eso, empezó a compararle a usted con un antiguo amigo suyo, Michael Weyman, comparación de la que usted salía un tanto perjudicado. —Se puso en pie—. Yo le aconsejo, monsieur Legge, que termine de hacer su equipaje lo más pronto posible, que siga a su esposa a Londres, que le pida que le perdone y que le cuente todo lo que usted ha pasado.

—¡Así que me aconseja usted todo eso! —exclamó Alec Legge—. ¿Y a usted qué diablos le importa?

—Nada —respondió Hércules Poirot dirigiéndose a la puerta—. Pero siempre tengo razón.

Se hizo el silencio. Luego Alec Legge empezó a reír a carcajadas.

—¿Sabe usted —dijo— que creo que voy a seguir su consejo? Los divorcios son carísimos. Además, resulta un poco humillante conseguir a la mujer que se quiere y no ser capaz de conservarla. Voy a subir a su piso de Chelsea. Y, como encuentre allí a Michael, lo cogeré por el cuello de esa pajarita que me lleva y lo apretaré hasta que reviente. Voy a pasar un buen rato haciéndolo. Sí, un rato memorable.

De pronto, su rostro se iluminó con una sonrisa extraordinariamente atractiva.

—Perdone mi carácter —se disculpó—, y muchas gracias.

Golpeó a Poirot amistosamente en el hombro. Este vaciló y estuvo a punto de caerse por la fuerza con la que lo había hecho.

Estaba claro que la amistad del señor Legge era más dolorosa que su enemistad.

—Y, ahora, ¿adónde voy? —se preguntó Poirot al salir de Mill Cottage con los pies doloridos y mirando al cielo, que poco a poco oscurecía.

Capítulo 19

El jefe de policía y el inspector Bland levantaron la vista cuando Hércules Poirot entró en la estancia. El primero de ellos no estaba de muy buen humor. Si había accedido a anular un compromiso que tenía para cenar aquella noche solo había sido por la serena insistencia de Bland.

—Ya lo sé, Bland, ya lo sé —había dicho, irritado—. Puede que el pequeño belga fuera un mago en sus tiempos..., pero, amigo mío, se le pasó el arroz. ¿Qué edad tiene ya?

Bland evitó diplomáticamente contestar a una pregunta que, en cualquier caso, no hubiera podido responder. El propio Poirot era muy reservado en lo que se refería a su edad.

—El caso es, señor, que él se encontraba allí, en el lugar del crimen. Y no hemos avanzado nada por ningún otro camino. Estamos en un callejón sin salida.

El jefe de policía se sonó la nariz irritado.

—Lo sé. Lo sé. Ya estoy empezando a creer en el degenerado homicida de la señora Masterton. Incluso estaría dispuesto a emplear sabuesos, si hubiera donde emplearlos.

—Los sabuesos no pueden seguir un olor a través del agua.

—Sí. Ya sé lo que ha pensado usted siempre, Bland. Y estoy cerca de pensar como usted. Pero es que no hay absolutamente ningún móvil, ni el más insignificante.

—Puede ser que el móvil esté allí, en las islas.

—¿Que a lo mejor Hattie Stubbs sabía algo de De Sousa? Teniendo en cuenta su mentalidad, puede ser. Era una simple, todo el mundo coincide. Podía soltar lo que sabía a cualquiera y en cualquier momento. ¿Es así como lo ve usted?

—Algo así.

—En ese caso, esperó mucho tiempo para cruzar el mar y tomar cartas en el asunto.

—Puede ser, señor, que no supiera con exactitud qué había sido de ella. Él dijo que había visto una nota en una revista de sociedad en la que se hablaba de Nasse-House y de su hermosa señora, y puede que sea cierto y que hasta entonces no supiera dónde estaba o con quién se había casado.

—Pero, al enterarse, vino corriendo en su yate para asesinarla, ¿eh? Me parece muy cogido por los pelos, Bland.

—Pero es posible, señor.

—¿Y qué demonios podía saber esa mujer?

—Recuerde lo que le dijo a su marido: «Mata a la gente».

—¿Que recordara un asesinato? ¿Desde los quince años? ¿Y probablemente sin otra prueba que su palabra? Él no le hubiera dado la menor importancia.

—No conocemos los hechos —dijo Bland, testarudo—. Ya sabe usted, señor, que cuando uno sabe quién hizo algo, se buscan pruebas y se encuentran.

—¡Hum! Hemos hecho averiguaciones acerca de De Sousa..., discretamente, por los medios habituales, y no hemos conseguido nada.

—Justo por eso, señor, es posible que ese viejo belga tan raro haya tropezado con algo imprevisto. Estaba en la casa..., eso es lo que importa. Lady Stubbs habló con él. Puede que algunas de las cosas que le dijo tengan sentido para él. En cualquier caso, lleva en Nassecombe la mayor parte del día.

—¿Y le ha llamado por teléfono para preguntarle qué clase de yate tenía Étienne de Sousa?

—Sí, la primera vez sí. La segunda ha sido para concertar esta reunión.

—Bueno. —El jefe de policía consultó el reloj—. Si dentro de cinco minutos no ha venido...

Sin embargo, en aquel preciso instante, Hércules Poirot entró en la habitación.

Su aspecto no era tan inmaculado como de costumbre. Sus bigotes, afectados por el aire húmedo de Devon, estaban flácidos; tenía los zapatos de charol cubiertos de fango. Cojeaba y llevaba el cabello revuelto.

—¡Bueno, monsieur Poirot, conque aquí está usted! —El jefe de policía le estrechó la mano—. Estamos todos impacientes por escuchar lo que tiene que decirnos.

Había cierta ironía en sus palabras, pero Poirot, a pesar de su aspecto, no estaba de humor para dejarse apabullar.

—No me explico cómo he tardado tanto en verlo todo tan claro —dijo.

El jefe de policía recibió sus palabras con cierta frialdad.

—¿Debemos entender que ahora lo tiene usted todo muy claro?

—Sí, faltan algunos detalles..., pero, en líneas generales, está todo clarísimo.

—Necesitamos algo más que una línea general —apuntó el jefe de policía con acritud—. Precisamos pruebas. ¿Dispone usted de pruebas, monsieur Poirot?

—Puedo indicarle dónde encontrarán ustedes las pruebas.

—¿Como por ejemplo...? —preguntó el inspector Bland.

Poirot se volvió hacia él.

—Me imagino que Étienne de Sousa habrá abandonado el país, ¿no?

—Hace dos semanas. —respondió Bland y añadió con amargura—: No será fácil hacerlo volver.

—Se le podría convencer.

—¿Convencer? Entonces..., ¿no hay pruebas suficientes para una orden de extradición?

—No se trata de una orden de extradición. Si se le presentan los hechos...

—Pero ¿qué hechos, monsieur Poirot? —El jefe de policía habló con cierta irritación—. ¿Cuáles son esos hechos de los que habla usted tan alegremente?

—El hecho de que Étienne de Sousa vino aquí en un yate de lujo, del todo equipado. Eso prueba que su familia es rica. Y está el hecho de que el viejo Merdell era el abuelo de Marlene Tucker (cosa que no he sabido hasta hoy); y el hecho de que a lady Stubbs le gustaba llevar sombreros de estilo chino; y el hecho de que madame Oliver, a pesar de su imaginación desenfrenada y poco digna de confianza, es, sin que ella misma lo sepa, muy aguda a la hora de juzgar a las personas; y el hecho de que Marlene Tucker tenía barras de labios y botellas de perfume escondidas en el fondo del cajón de su mesita; y el hecho de que mademoiselle Brewis sostiene que fue lady Stubbs quien le pidió que llevara a Marlene a la caseta de los botes una bandeja con un refrigerio.

—¿Hechos? —El jefe de policía se le quedó mirando—. ¿Llama usted hechos a eso? Pero si ahí no hay nada.

—¿Prefiere usted pruebas, pruebas determinantes, como, por ejemplo, el cadáver de lady Stubbs?

Entonces fue Bland quien lo miró de hito en hito.

—¿Ha encontrado usted el cadáver de lady Stubbs?

—No es que lo haya encontrado precisamente, pero sé dónde está escondido. Vayan ustedes allí. Cuando lo encuentren, tendrán pruebas, todas las pruebas que necesitan. Porque solo una persona pudo haberlo ocultado allí.

—¿Y quién es esa persona?

Hércules Poirot sonrió, con el gesto satisfecho del gato que acaba de lamer un plato de crema.

—Quien suele serlo: el marido —dijo quedamente—. Sir George Stubbs asesinó a su mujer.

—Pero es imposible, monsieur Poirot. Eso es imposible.

—No, no —respondió Poirot—. ¡No tiene nada de imposible! Escúchenme. Se lo voy a contar.

Capítulo 20

Hércules Poirot se detuvo un instante ante las grandes puertas de hierro forjado. Contempló la calzada en curva que se extendía ante su vista. Las últimas hojas doradas habían caído de los árboles. Los ciclámenes habían muerto.

Suspiró. Se volvió hacia la casa de las columnas blancas y golpeó la puerta.

Tras una breve espera, oyó pasos en el interior, aquellos pasos lentos y vacilantes. La señora Folliat abrió. En esa ocasión no le sorprendió verla tan vieja y tan frágil.

—¿Otra vez usted, monsieur Poirot? —dijo ella.

—¿Puedo pasar?

—Naturalmente.

Él la siguió.

La señora Folliat le ofreció un té, que él rechazó. Luego le preguntó en voz baja:

—¿Por qué ha venido?

—Creo que puede usted adivinarlo, madame.

—Estoy muy cansada —respondió.

—Lo sé —dijo Poirot, que añadió—: Ha habido ya

tres muertes: Hattie Stubbs, Marlene Tucker y el viejo Merdell.

—¿Merdell? —exclamó ella—. Eso fue un accidente. Se cayó del embarcadero. Era muy viejo, medio ciego y había estado bebiendo en la taberna.

—No fue un accidente. Merdell sabía demasiado.

—¿Qué era lo que sabía?

—Podía reconocer un rostro, un modo de andar, una voz..., algo por el estilo. Hablé con él cuando llegué. Me dijo muchas cosas sobre la familia Folliat, acerca de su suegro y su marido y sus hijos, muertos en la guerra. Solo que... no murieron los dos, ¿verdad? Su hijo Henry se hundió con su barco, pero su segundo hijo, James, no murió. Desertó. Puede que al principio se le diera por «desaparecido» y, más tarde, le dijo usted a todo el mundo que había muerto. Y a nadie le interesaba desmentir tal afirmación. ¿Por qué iba nadie a querer hacer tal cosa? No tenía nada de particular.

Poirot hizo una pausa, antes de añadir:

—No crea, madame, que no cuenta con mi simpatía. Ya sé que la vida ha sido dura para usted. No podía hacerse ilusiones sobre su hijo menor, pero era su hijo y lo quería. Hizo usted todo lo que pudo por proporcionarle una nueva vida. Tenía usted a su cargo una chica joven, una chica de inteligencia por debajo de lo normal, pero muy rica. ¡Ya lo creo que era rica! Difundió usted la noticia de que sus padres habían perdido toda su fortuna, que ella era pobre y que usted le había aconsejado que se casara con un hombre rico, mucho mayor que ella. Eso tampoco le importaba a nadie. Sus padres y parientes próximos habían muerto en una catástrofe. Una firma francesa de abogados actuó según las instrucciones de los procuradores de San Miguel. Al casarse, ella entró en posesión de su fortuna personal. Era, como usted me dijo, dócil, afectuosa, sugestionable. Firmaba todo lo que su marido le decía que firmara. Probablemente, cambiaron y revendieron los valores varias veces, pero al final se alcanzó el objetivo económico que se perseguía: sir George Stubbs, la nueva personalidad adoptada por su hijo, se había convertido en un hombre rico, y su esposa, en una mujer pobre. No es delito llamarse a sí mismo «sir», a menos que sea con el fin de obtener dinero con engaños. Un título inspira confianza; evoca, si no la nobleza de cuna, por lo menos cierta opulencia económica. Y así, el acaudalado sir George Stubbs, más viejo, muy cambiado en su aspecto y con barba, compró Nasse-House y vino a vivir al lugar de donde provenía, aunque no hubiera estado aquí desde que era un chiquillo. Después de la guerra, no era fácil que quedara nadie que pudiera reconocerle. Pero el viejo Merdell sí lo hizo. No se lo comunicó a nadie, pero, cuando me dijo a mí, con malicia, «Siempre habrá algún Folliat en Nasse-House», estaba riéndose para sus adentros.

»Todo había resultado bien, o así se lo parecía a usted. Estoy firmemente convencido de que su plan no quería llegar más lejos. Su hijo era rico, dueño del hogar de sus antepasados, y, aunque su esposa no brillaba por su inteligencia, era una chica hermosa y dócil, y usted esperaba que él se portara bien con ella y la hiciera feliz.

—Eso creía yo —dijo la señora Folliat en voz baja—. Yo cuidaría de Hattie, velaría por ella. No podía suponer...

—No podía suponer..., y su hijo tuvo mucho cuidado de no decírselo: cuando contrajo matrimonio con Hattie, ya estaba casado. Ah, sí... Hemos buscado en los registros lo que esperábamos encontrar. Su hijo se había casado con una chica en Trieste, una muchacha del hampa, una chica con la que se ocultó después de su deserción. Ella no tenía intención de separarse de él, ni él de ella. Consintió en tomar a Hattie por esposa para hacerse con su fortuna, pero desde el primer momento sabía lo que quería.

—¡No, no, no lo creo! No puedo creerlo... Fue esa mujer, esa malvada mujer ...

Poirot continuó, inflexible:

—Él quería asesinarla. Hattie no tenía parientes y apenas unos pocos amigos. Al regresar a Inglaterra, la condujo aquí enseguida. Los criados apenas pudieron verla aquella noche, y la mujer con la que se encontraron a la mañana siguiente no era Hattie, sino su esposa italiana, vestida como Hattie y comportándose como Hattie se habría comportado. Y ahí pudo haber terminado la cosa. La falsa Hattie hubiera vivido como si fuera la verdadera, aunque, sin duda, su inteligencia hubiera mejorado inesperadamente, gracias a lo que llamarían vagamente «un nuevo tratamiento». La secretaria, la señorita Brewis, ya se había dado cuenta de que a la capacidad mental de lady Stubbs no le pasaba nada malo.

»Pero entonces ocurrió algo del todo imprevisto: un primo de Hattie escribió diciendo que venía a Inglaterra en un yate y, aunque hacía muchos años que no la veía, no era probable que se dejara engañar por una impostora.

»Es extraño —dijo Poirot, interrumpiendo su relato— que, aunque me pasó por la imaginación la idea de que De Sousa no fuera De Sousa, no se me ocurriera que Hattie no fuera Hattie.

Hizo una pausa y continuó:

—Había varios modos de afrontar la situación. Lady Stubbs podía haber evitado encontrarse con él, pretextando hallarse enferma, pero, si De Sousa continuaba durante algún tiempo en Inglaterra, le hubiera sido muy difícil evitarlo. Y había otra complicación. El viejo Merdell, que con los años se había vuelto muy charlatán, tenía la costumbre de hablar con su nieta. Lo más probable es que esta fuera la única persona que se molestaba en escucharlo, e incluso ella rechazaba la mayor parte de lo que decía, porque creía que estaba «como un cencerro». Sin embargo, algunas de las cosas que dijo acerca de «haber visto un cadáver de mujer en el bosque» y de que «sir George era en realidad el señorito James» le causaron la suficiente impresión como para insinuárselo a sir George, a modo de tanteo. Al hacerlo, firmó su propia sentencia de muerte. Sir George y su mujer no podían arriesgarse a que circularan noticias como aquellas. Supongo que le daría a Marlene pequeñas cantidades de dinero para hacerla callar de momento, y procedió con sus planes.

»Lo pensaron todo con el máximo cuidado. Sabían la fecha en que De Sousa pensaba llegar a Helmmouth. Coincidía con el día fijado para la fiesta. Prepararon su plan de modo que Marlene fuera asesinada y lady Stubbs "desapareciera" en condiciones que arrojaran vagas sospechas sobre De Sousa. De ahí lo de hablar de él como si fuera "un hombre malo" y la acusación de que "mataba a la gente". Lady Stubbs desaparecería para siempre (posiblemente sir George identificaría como suyo algún cadáver lo bastante irreconocible que apareciera en alguna ocasión) y Hattie adoptaría de nuevo su propia personalidad de italiana. Lo único que tenía que hacer era interpretar los dos papeles durante poco más de veinticuatro horas. Con la complicidad de sir George, resultó fácil. El día que yo llegué aquí, a lady Stubbs se la suponía en su habitación hasta la hora del té. Nadie la vio allí, a excepción de sir George. En realidad, lo que hizo fue escabullirse de su habitación, coger un autobús o un tren a Exeter y hacer el viaje de vuelta en compañía de una estudiante extranjera (en aquella época del año, hay muchas por estas regiones), a la cual le contó la historia de una amiga que había comido pastel de ternera y jamón en malas condiciones. Llega al albergue, alquila un cuartito y sale "a explorar el terreno". A la hora del té, lady Stubbs se encuentra en el salón. Después de cenar, lady Stubbs se va a la cama, pero mademoiselle Brewis la vio poco después salir sigilosamente de la casa. Pasa la noche en el albergue, pero sale temprano de allí y está de vuelta en Nasse, como lady Stubbs, a la hora del desayuno. Vuelve a pasar la mañana en su habitación, "porque le duele la cabeza", y durante ese tiempo se las compone para presentarse como una "intrusa" y recibir una reprimenda de sir George, quien, desde la ventana del cuarto de su esposa, se vuelve, fingiendo hablar con ella. Los cambios de indumentaria no eran difíciles: unos pantalones cortos y una blusa abierta por debajo de uno de los complicados vestidos que le gustaban a lady Stubbs. Como lady Stubbs, se ponía un maquillaje muy blanco y un gran sombrero chino que le protegía el rostro; como la chica italiana, un maquillaje tostado y un pañuelo alegre de campesina sobre sus rizos bronceados. Nadie hubiera sospechado que las dos eran la misma persona.

»Y así llegamos a la representación del último acto de este drama. Un poco antes de las cuatro, lady Stubbs le dijo a mademoiselle Brewis que le bajara a Marlene una bandeja con el té. Se lo dijo porque tenía miedo de que a mademoiselle Brewis se le ocurriera hacerlo, y sería fatal que se presentara en la caseta inoportunamente. Puede ser que también sintiera cierto placer malsano en prepararlo todo para que mademoiselle Brewis estuviera en la escena del crimen más o menos a la hora en que se cometió. Luego, escogiendo el momento en que allí no había nadie, se introdujo a hurtadillas en la tienda donde se leía el porvenir, salió por la parte de atrás y llegó al cenador, oculto en los matorrales, donde guardaba la mochila de excursionista con la otra ropa. Se escabulló por el bosque, le dijo a Marlene que la dejara entrar y estranguló a la confiada chica sin perder ni un minuto. Tiró al río el gran sombrero chino, luego se cambió de traje y de maquillaje, metió en la mochila su vestido de *georgette* color rosa y sus zapatos de tacón alto..., y poco después una estudiante italiana del albergue juvenil se reunía con otra chica holandesa en los puestos de la fiesta. A continuación, se marchó con ella en el autobús, según habían acordado. ¿Dónde está ahora? No lo sé. Sospecho que en el Soho, en cuyos bajos fondos debe de conocer a paisanos suyos que podrán proporcionarle los documentos necesarios. En cualquier caso, la policía no anda buscando a una chica italiana, sino a Hattie Stubbs, considerada por todos una persona simple y bastante exótica.

»Pero la pobre Hattie Stubbs está muerta, como usted sabe muy bien, madame. Demostró saberlo cuando hablé con usted en el salón, el día de la fiesta. La muerte de Marlene había sido un golpe muy fuerte para usted..., no tenía usted la menor idea de lo que se tramaba, pero reveló con claridad, aunque por entonces fui lo bastante estúpido para no verlo, que, al hablar de Hattie, se refería usted a dos personas distintas; una, una mujer a quien usted odiaba, que estaría "mejor muerta" y contra la cual me advirtió de que no creyera ni una palabra de lo que dijera, y la otra, una chica de quien usted hablaba en pretérito y a quien defendía usted con calor y afecto. Tengo la impresión, madame, de que quería mucho a la pobre Hattie Stubbs...

A las palabras de Poirot siguió una larga pausa.

La señora Folliat estaba sentada en su butaca, inmóvil. Por último, se puso en pie y dijo con voz fría como el hielo:

—Toda esa historia es un completo desvarío, monsieur Poirot. Debe de estar usted loco... Todo son invenciones suyas, no tiene usted la menor prueba.

Poirot se dirigió a una de las ventanas y la abrió.

—Escuche, madame, ¿oye usted?

—Estoy un poco sorda... ¿Qué es lo que hay que oír?

—Los golpes de una piqueta... Están derruyendo la base de hormigón del templete... ¡Qué buen sitio para esconder un cadáver, el sitio donde el temporal había arrancado de cuajo un árbol y la tierra estaba ya removida! Un poco más tarde, para no correr ningún riesgo, se ponía hormigón encima, y sobre el hormigón se levantaba un templete... —Y añadió suavemente—: El templete de sir George... La locura del dueño de Nasse-House.

La señora Folliat se estremeció y dejó escapar un suspiro.

—Un lugar tan hermoso... —dijo Poirot—. Solo tenía un defecto: el dueño.

—Sí —admitió la señora Folliat con su voz ronca—. Siempre lo supe... Incluso cuando era un niño me asustaba... Era cruel... No tenía piedad... Ni conciencia... Pero era mi hijo y lo quería... Yo debería haber hablado tras la muerte de Hattie... Pero era mi hijo. ¿Cómo iba a ser yo quien lo entregara? Y por eso, por haberme callado, la pobre Marlene acabó asesinada... Y, tras ella, el viejo y querido Merdell... A saber cuándo se habría detenido.

—Un asesino nunca se detiene —replicó Poirot.

La mujer inclinó la cabeza. Permaneció así un buen rato, cubriéndose los ojos con las manos.

Luego, la señora Folliat de Nasse-House, descendiente de una larga estirpe de hombres valientes, se enderezó. Miró de frente a Poirot y, con voz ceremoniosa y distante, dijo:

—Gracias por venir a decirme todo esto, monsieur Poirot. Ahora, si no le importa, le rogaría que se marchase. Hay ciertas cosas que una tiene que afrontar sola...

Descubre los clásicos de Agatha Christie

ASESINATO EN LA CALLE HICKORY

INTRIGA EN BAGDAD

EL MISTERIO DE LAS SIETE ESFERAS

TERCERA MUCHACHA

CARTAS SOBRE LA MESA

HACIA CERO

MUERTE EN LAS NUBES

EN EL HOTEL BERTRAM

EL TREN DE LAS 4:50

Y NO QUEDÓ NINGUNO

ASESINATO EN EL ORIENT EXPRESS

EL ASESINATO DE ROGER ACKROYD

MUERTE EN EL NILO

UN CADÁVER EN LA BIBLIOTECA

LA CASA TORCIDA

CINCO CERDITOS

CITA CON LA MUERTE

EL MISTERIOSO CASO DE STYLES

MUERTE EN LA VICARÍA

SE ANUNCIA UN ASESINATO

EL MISTERIO DE LA GUÍA DE FERROCARRILES

LOS CUATRO GRANDES

MUERTE BAJO EL SOL

TESTIGO DE CARGO

EL CASO DE LOS ANÓNIMOS

INOCENCIA TRÁGICA

PROBLEMA EN POLLENSA
MATAR ES FÁCIL
EL TESTIGO MUDO
EL MISTERIO DE PALE HORSE
EL MISTERIO DEL TREN AZUL
EL TRUCO DE LOS ESPEJOS
TELÓN
CRIMEN DORMIDO
¿POR QUÉ NO LE PREGUNTAN A EVANS?
UN PUÑADO DE CENTENO
EL MISTERIOSO SEÑOR BROWN
LA RATONERA
MISTERIO EN EL CARIBE
PELIGRO INMINENTE
DESPUÉS DEL FUNERAL
ASESINATO EN EL CAMPO DE GOLF
LA MUERTE DE LORD EDGWARE
EL HOMBRE DEL TRAJE COLOR CASTAÑO
PDESTINO DESCONOCIDO
EL SECRETO DE CHIMNEY
POIROT INVESTIGA
UN TRISTE CIPRÉS
LAS MANZANAS
EL TEMPLETE DE NASSE-HOUSE